KB172909

디스옥타비아 ～～～～～～～ 2059 만들어진 세계

디스옥타비아 ———————— 2059 만들어진 세계

유진목 짓고 백두리 그리다

차례

나는   다시

태어나려고　　　　　기다리고　　　　　　　있다

II

　밤사이 바닷물에 떠밀려 온 커다란 물체가 물살에 이리저리 시달리고 있었다. 나는 머지않아 그것이 사람이라는 것을 알아차렸다. 자세히 보니 두 팔을 느슨하게 벌린 자세로 엎어져 물에 떠 있었다. 가만히 그것을 보고 있자니 기분이 좋지 않았다. 나일 수도 있기 때문이었다. 이른 아침부터 바닷바람이라도 쐬려고 나온 사람들이 흩어져 한자리씩 차지하고 있었다. 사람들은 아직 모르는 것 같았다.

　할 수 없는 말들을 하기 위해 글을 쓰고 있으면 할 수 없는 말들을 하기 위해서 내가 있다는 생각이 든다. 글을 쓰는 일 말고도 내 삶을 충만하게 하는 것이 있어야 나는 살아갈 수 있었다. 그러니까 나는 글을 쓰는 것만으로는 살아갈 수가 없었다. 이제는 어느 쪽이라도 상관이 없어졌지만 말이다. 나이가 든다는 것은 반드시 그래야만 하는 것들이 점차 사라지는 것이다. 반드시 선택하지 않아도 살아지는 날들이 오면 삶은 나와 무관하게 흐르기 시작한다. 그러다 드디어 살아도 좋고 죽어도 좋은 때가 오면 가만히 앉아서 자신이 평생을 살아온 지구의 풍광을 바라보게 된다. 혹여 삶에 미련이 있고 그래서 삶을 더 누리고 싶다 하더라도 육신이 더 이상 따라주지 않는다. 정신이 온전한 가운데 육체가 먼저 쇠락하든 정신이 쇠락한 가운데 육체가 뒤를 따르든 가만히 앉아 자신에게 주어진 창문 밖을 바라보는 것은 마찬가지다. 그때가 되면 달리 할 수 있는 게 없다. 그러나 창문 밖을 바라보는 것은 드물게 좋은 일이다. 그것은 이 삶을 통해 내가 알게 된 좋은 일들 중에 하나다.

사람이 들어가지 않는 바다에는 갈매기들이 내려앉아 넓고 푸른 바다를 누리고 있다. 사람이 없는 바다에 몸을 담그고 수평선을 향해 천천히 나가본 사람은 잠시나마 갈매기의 눈이 되어 사방을 둘러볼 수도 있을 것이다. 아까부터 눈치를 챈 한 마리가 주위를 낮게 맴돌더니 가까이 내려앉았다. 조금 더 상황을 두고 보다가 가장 연한 구석부터 먹기 시작할 것이다. 그러면 곧 무리들이 생겨나 한 떼를 이룰 것이 틀림없다. 나는 이대로 조금만 더 바다에 고요히 머물러 있고 싶었다. 운이 좋다면 먹히기 전에 높은 파도에 휩쓸려 한 번도 가본 적 없는 먼 바다로 나갈 수 있을지도 몰랐다. 나는 간절히 다른 것에 깃들고 싶었다. 인간이 아닌 다른 것으로 다시 한 번 지구에 남고 싶었다.

2059년,   여름

8월 31일 일요일

내가 바다에 나가겠다고 고집을 피웠을 때 율리는 이번이 마지막이 될 거라고 강조했다. 나도 잘 알고 있다. 아무리 마음의 준비를 한다 해도 준비할 수 없는 일이 있다는 것을. 율리 입장에서는 내가 잠자코 방에 있는 편이 좋았다. 마지막이어도 괜찮아. 조용히 오르내리는 율리의 쇄골을 보고 있자니 율리가 정말로 화가 났다는 것을 알 수 있었다. 율리는 가끔씩 나에게 화가 난 표정을 지어 보였는데 그건 그야말로 표정일 뿐이었다. 하지만 이번에는 달랐다. 율리는 정말로 화가 나 있었다. 나는 율리를 화나게 하고 싶지 않았지만 한편으로는 어쩔 수 없다고 생각하며 가만히 있었다. 당신이야 얼마든지 괜찮겠죠. 율리는 큰 소리가 나도록 거칠게 문을 닫고서 나가버렸다.

율리와 나는 센터에서도 눈에 띄게 사이가 좋은 편이었다. 우리는 여러 해 동안 서로를 지목했다. 내가 지금처럼 고집을 피울 때마다 율리는 마지막이라고 나음 해에는 나와 함께 하지 않겠다고 내 귀에만 들리는 목소리로 가르렁거렸다. 그때마다 나는 그래도 어쩔 수 없다고 대답했고. 하지만 우리는 그 다음 해에도 서로를 지목했다.

내가 입던 옷가지나 쓰던 물건들은 말끔히 정리를 해두었다. 율리가 가지고 싶어 했던 것들, 누군가 다시 사용할 것들, 그대로 버릴 것들을 분류했다. 버릴 것이라 해도 일부러 두었는데, 그것조차 율리를 위해서였다. 율리는 내 물건을 버리는 것을 좋아했다. 율리는 단숨에 알아볼 것이다. 그리고 망설임 없이 버릴 것이다. 마지막으로 율리를 한 번 더 보고 싶었지만 율리는 끝내 나타나지 않았다. 율리의 마지막 모습은 나의 작은 방에서 눈부신 창을 등지고 서 있는 것이다. 율리는 내게 무슨 말인가를 하고 있지만 목소리는 들리지 않는다.

지금은 바다에 나와 이 글을 쓰고 있다. 더 이상 혼자서 죽는 것은 두렵지 않다. 그나마 두려웠던 것은 내가 미처 준비하지 못한 순간에 심장이 멈출지도 모른다는 것이었다. 그러니까 나는 변기에 앉아 죽을까 봐 걱정했다. 그들이 내 바지를 걷어 올리게 될까 봐 두려웠다. 몸을 씻다 죽는 것도 싫었다. 그들이 내 주름이 가득한 알몸을 신경조차 쓰지 않는다 하더라도 말이다. 싫은 것은 언제나 싫었다. 싫은 것은 좋았던 적이 단 한 번도 없었다. 바다로 가요. 율리는 천천히 입술을 움직여 이렇게 말하고 있다. 아주 멀리요. 어쩌면 전혀 다른 말일 수도 있다.

　내가 아직 살아 있고 더구나 여름의 한가운데 있다는 게 더
없는 행운처럼 여겨진다. 나는 지금 부드러운 모래 위에 비스듬
히 누워 있다. 여름은 언제나 그랬다. 여름이면 그는 아주 먼 바
다까지 갔다가 다시 헤엄쳐 돌아오곤 했다. 한동안 깊은 바닷속
으로 사라졌다가 한참 만에 다시 나타나기도 했는데 그럴 때마
다 나는 달려가 그에게 안길 수 있었다. 차가운 어깨를 깨물면
그의 살갗에서는 짠맛이 났다. 나는 여름의 그 싱싱함을 사랑했
다. 내가 그의 어깨를 깨물 때 그는 하얗게 부서지는 소금처럼
웃었다. 그로부터 얼마나 지나버린 걸까. 그가 떠난 뒤로 나는
오랫동안 살아왔다.

　해 질 녘이 되어서야 구름이 한참 동안 멈춰 있다는 것을
알았다. 나는 그제서야 수평선을 등지고 내가 떠나온 곳을 보았
다. 다시 돌아갈 수는 없어 보였다. 이제 나도 이 삶을 떠날 수
있게 된 것이다. 멀리 모래톱을 달리는 소년이 시야에 들어왔다.
아이는 갑자기 멈춰 서더니 손차양을 하고 서 있었다. 아마도
나를 보는 것 같았다. 그리고 그 자리에서 사라져버렸다.

8월 30일 토요일

　사십 년 전에 대해서 분명히 말할 수 있는 것은 삶이 곧 끝
날 것이라 생각하며 하루를 살았다는 것이다. 삶이 곧 끝난다고
생각하면 나 자신과 나를 둘러싼 세계를 그나마 견딜 수 있었
다. 육십 년 전에는 다른 것이 있다면 당장이라도 삶을 끝내고
싶어 했다는 것이다. 그때 나는 열아홉 살이었다. 그로부터 삶은
유유히 흘러갔고, 나보다 앞서 있거나 나보다 뒤처진 채였다. 나
와 삶이 나란히 함께였던 적은 드물었다. 뒤따르는 것보다는 앞
서는 것이 좋았지만 나란히 함께일 때는 말할 것 없이 기뻤다.

　좀 더 나이가 들면서 삶은 나와 함께 자주 멈추었다. 지난
몇 년간은 방에 앉아 젊은 날 내가 오르내렸던 산의 능선과 망
설임 없이 뛰어들었던 바다의 온도를 생각하며 보냈다. 지금은
그 어느 때보다 오랜 시간을 들여 생각을 하고, 생각한 그 모든
것을 감쪽같이 잊어버린다. 하지만 이제 나는 세상이 필요로 하
는 사람이 아니다. 생각한 것을 잊어버린다 한들 문제될 것 없

다는 뜻이다. 내가 무언가를 잊음으로 인해 다른 사람에게 피해를 주거나 중요한 일들을 망쳐버리게 되었던 날들은 오래전에 끝이 났다. 나는 오롯이 혼자가 되어서 모든 것이 떠나가고도 내 곁에 남아 있는 삶과 시간을 보내고 있다.

그는 이 삶에 나를 두고 가야 하는 것을 슬퍼했다. 이제 곧 끝날 텐데. 그는 마지막 순간에 나를 보며 말했었다. 사랑해. 우리는 그런 시간을 하루도 빠짐없이 보냈었다. 침대에 비스듬히 누워 슬픔에 잠기는 대신 사소한 장난을 치면서 사랑한다고 말했었다. 해 질 녘 붉은 빛이 가득 찬 방에 누워 내 눈을 바라보던 그가 말했다. 삶이 흐르고 있다는 게 느껴져. 나는 그의 얼굴을 감싸 안고 주름진 이마에 입을 맞추었다.

그의 삶이 멈추는 순간을 나는 혼자서 지키고 싶었다. 그러니까 나 말고는 그의 죽음을 아무도 모르길 바랐다. 살아 있는 동안에 우리는 그 이야기를 많이 했다. 그는 자신의 죽음을 알리지 않는 대가로 많은 것을 포기해야 했다. 하지만 그는 기꺼이 그렇게 했고, 내 곁에서 숨을 거두었고, 이 세상에서 사라졌다. 그가 죽고 난 뒤 나는 순순히 엘더에 등록했다. 그로 인해 나는 먹을 수 있었고, 입을 수 있었고, 안전하게 잠들 수 있었다. 나는 그가 누리지 못한 것들을 누리며 살아왔다.

혼자 있을 때 나는 내가 얼마나 보잘것없는 사람인지를 생각하며 시간을 보낸다. 보잘것없는 사람이라서 나는 행복할 수 있다. 사람들과 있을 때는 행복을 들키지 않으려고 거짓말을 하곤 했다. 내가 행복한 것을 아무도 모르길 바랐다. 이곳에 오기 전에 작가였다면서요? 언젠가 율리가 호기심에 가득 찬 얼굴로 물었다. 어쩐지 거짓말을 잘한다 했어요. 나는 율리에게 내가 아는 이야기들을 전부 들려주었다. 지금 와 생각해보면 어떻게 그렇게 할 수 있었는지 모르겠다. 율리는 센터 밖에서 일어나는 일들도 궁금해했다. 그럴 때마다 나는 센터에 오기 전에 그와 함께 살았던 삶을 떠올렸다. 그러나 말할 수 있는 것보다 말할 수 없는 것이 더 많았다. 사랑하는 일을 어떻게 말할 수 있을까. 우리가 서로 사랑을 할 때는 누구에게도 그것을 말할 필요가 없었다.

율리가 다른 사람들 앞에서는 나에 대해 흉을 본다는 것을 알고 있다. 율리도 나와 같은 부류인 것이다. 대신 우리에게는 아무리 해도 모자란 이야기가 있다. 내가 이야기를 들려주면 율리는 이렇게 말하곤 했다. 인간은 정말 대단해요. 자신에게 일어나지 않은 일을 어떻게 알 수 있죠? 혼자 있을 때면 마지막 순간을 상상한다. 나는 곧 죽게 될 것이다. 죽음은 나에게 남은 가장 마지막 미래다. 마지막 순간을 떠올리면 나는 늘 바다에 있다. 모래는 따뜻하고 바닷속에 가라앉아 있을 때 더욱 부드럽다.

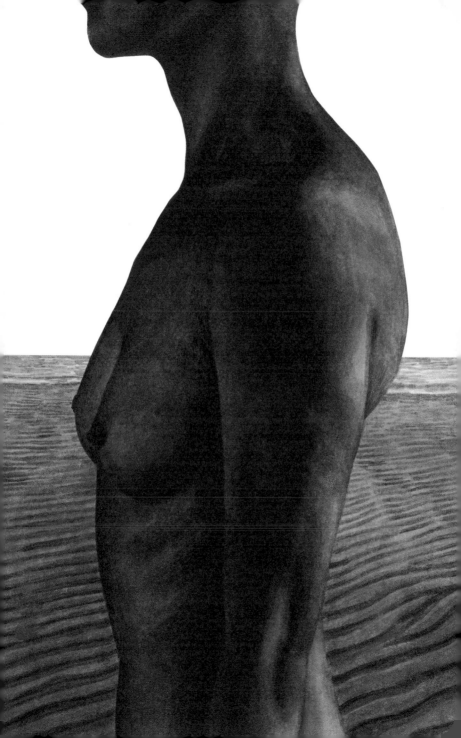

8월 29일 금요일

　나의 이름은 모다. 모라구요? 모든 것 할 때 모 있잖아요. 고개를 갸웃거리는 사람에게는 다시 이렇게 말한다. 한 모 두 모 두부를 세는 것처럼 말예요. 두부요? 네, 두부요. 그래봤자 내 이름을 부르는 건 율리밖에 없다. 센터에 들어오기 전에는 물론 다른 이름을 사용했다. 그 이름은 내가 쓴 책들의 가장 앞쪽 잘 보이는 곳에 적혀 있다. 글을 쓰는 동안에 나는 그 이름을 사용했고, 사람들 역시 그 이름으로 나를 불렀다. 나처럼 그도 그 이름을 좋아했다. 그는 내가 태어났을 때 붙여진 이름을 알고 있었지만 한 번도 그렇게 부른 적은 없었다. 그는 내가 작가인 것도 좋아했다. 내가 첫 책을 썼을 때 나처럼 그도 기뻐했다.

　그는 언제나 내가 쓴 책의 맨 처음 독자였다. 그는 자주 나에게 말했었다. 앞으로 더 많은 책을 쓰게 될 거야. 그리고 더 많은 사람들이 당신의 책을 읽게 될 거야. 나는 책 같은 건 쓰지 않아도 좋다고 말했다. 책 같은 건 더 이상 쓰지 않아도 좋아. 나는 내가 이 삶을 망치지 않았으면 좋겠어. 그는 우리가 그렇게 할 것이라고 말했다. 우리는 반드시 그렇게 할 거야. 그는 나의 확신이었고, 나의 행복이었고, 나의 고통이었으며, 나의 시간이었다. 이제 그의 육체를 떠올릴 수는 없다. 내 손에 닿던 감촉을 나는 잊었다. 아무리 집중해도 그의 몸의 감촉을 되살리지 못한다. 거울 속에는 그가 모르는 나의 모습이 있다.

엘더에 등록할 때 나는 절망 속에 있었다. 당시 내가 온전한 정신이었다면 어땠을지, 내가 어떤 선택을 했을지, 지금으로서는 잘 모르겠다. 센터 내에서 사용할 이름을 물어 왔을 때 그게 무슨 뜻인지 몰라서 접수원을 가만히 쳐다보고만 있었다. 다른 이름을 사용하시겠습니까? 나는 한참 만에 그러나 접수원이 지쳐서 더 이상 나를 상대해주지 않기 전에 그게 무슨 뜻인지 알아차렸고, 모라고 대답했다. 모라구요? 모든 것 할 때 모 있잖아요. 이게 다 인가요? 그거면 충분할 것 같아요. 그 후로도 몇 번인가 이같은 대화가 오갔다. 센터에 처음 들어오는 사람이 있을 때였다. 두부를 센다구요? 네. 두부를 좋아하세요? 물론이죠. 대화는 거기서 끝이 난다.

율리는 내가 삶의 의욕으로 가득 차 있는 것처럼 보인다고 말한다. 두부 같은 농담이 나와요? 글쎄. 나는 언제나 죽고 싶다는 충동에 시달리며 살아왔다. 그와 함께 사는 동안에는 죽고 싶다는 생각을 하지 않는 대신 죽고 싶지 않다는 생각을 하고 있었다. 바보처럼 나는 우리 중 하나가 먼저 죽을까 봐 두려워했다. 이불을 정리하다가도 그가 나를 두고 먼저 죽을까 봐 혹은 내가 그를 두고 죽을까 봐 공중에 떠 있는 먼지처럼 상심하곤 했다.

그 시절 내가 한 일은 내가 겪고 있는 공포에 대해 꾸준히 글을 쓴 것이다. 나는 매일같이 글을 쓰면서 실제로 그를 죽게했다. 그런 뒤 내가 만든 세계에서 혼자 있었다. 글을 쓰는 동안에는 나에게 묻곤 했다. 이것보다 행복하려고 할 수는 없어? 좀더 건강한 삶을 살아갈 수는 없는 거야? 그럴 때 나는 영문을 모른 채로 문득 고개를 돌리던 주름진 얼굴을 환영처럼 마주하곤 했다. 그때 만난 얼굴을 지금 나는 거울을 통해 보곤 한다.

8월 28일 목요일

　율리는 내가 죽은 후에 센터에서 독립하고 싶다고 했다. 나는 그게 가능한지조차 몰랐기 때문에 율리가 자신의 계획을 털어놓았을 때만 해도 깜짝 놀랐다. 그때까지는 센터가 우리를 철저히 격리하고 있다고 생각했다. 누구든 들어오는 건 자유였으나 두 번 다시 나갈 수는 없는.

　율리와 같은 간병인들은 센터에서 태어나 평생을 센터에서만 살아온 이들이다. 그들은 엄격한 규율 아래 어린 시절을 보내고 교육을 받은 뒤 엘더에서 운영하는 센터의 간병인으로 일하게 된다. 지금까지 센터를 나간 사람이 있어? 어쩌지 나는 율리에게 속삭이고 있었다. 없어요, 아직까지는. 우리가 성인이 된 첫 세대잖아요. 율리는 내 손톱을 깎느라 내 왼손을 꽉 쥐고 있었다. 손톱깎이로 죽는 것은 너무 어려운 일 아닐까? 율리의 또렷한 검은 눈동자가 내 손톱을 향해 가운데로 모여 있었다. 나는 율리의 그런 모습이 조금 웃겼다. 죽으려면 손톱깎이로도 죽을 수 있죠. 내가 손톱깎이로는 절대로 나를 죽이지 않을 거라는 걸 어떻게 증명해야 하지? 여기서는 아무도 믿지 않겠지만 진심이었다. 나는 손톱깎이로 나를 죽일 마음은 손톱만큼도 없었다. 율리는 진심인지 아닌지를 생각하기보다는 그저 관심이 없었다. 증명하지 마세요. 내가 깎아줄게요. 그치만 나는 손톱이랑 발톱 정도는 내가 손질하고 싶었다. 어차피 손에 힘도 없잖아요. 조금만 집중하면 바들바들 떨고 말예요. 모는 내가 손톱을 깎아주는 마지막 사람이 될 거예요. 나는 내 손톱만 깎으면서 살고 싶어요. 다른 세상에서는.

율리가 말하는 다른 세상에서 떠나온 사람으로서 나는 율리를 걱정했다. 주는 대로 받아먹으며 살진 않을 거예요. 율리는 자기 자신을 경멸하는 것 같았다. 당장 내일 먹을 것을 걱정하게 될 거야. 그게 너의 전부가 될지도 몰라. 나는 내가 도망쳐 온 삶에 몸서리를 쳤다. 걱정 말아요. 작가가 되지 않을게요. 초점 없는 눈으로 나를 바라보던 율리가 문득 환하게 웃었다.

센터에서 나고 자란 사람들은 다른 시간의 개념을 가지고 있다. 그들의 시간은 단지 오늘뿐이다. 아침에 일어나 다시 잠자리에 들 때까지가 그들이 염두에 두고 있는 시간의 단위이다. 율리는 센터 밖으로 나가서 내일을 생각하면서 살고 싶다고 했다. 알 수 없는 일들을 받아들이며 살고 싶다고도 했다. 여행을 가서 밤에는 어디서 잘 것인지를 생각하고 싶다고 했다. 전에 살던

집을 그리워하며 다음에 살 집을 상상하고 싶다고 했다. 나도 좋은 나무로 만든 책상을 가지려고 노력할 거예요. 매일 다른 옷을 입고 거울을 볼 거예요. 사랑하는 사람과 밤마다 섹스를 할 수도 있어요. 나는 그게 매번 멋진 일이 되지 않을 수도 있다고 했다. 더없이 멋진 순간을 맞이할 수도 있지만 전적으로 자신에게만 달려 있는 일이 아니라고 말이다. 율리는 그게 무슨 말인지 잘 모르는 것 같았다.

율리는 자신의 새로운 인생을 나의 죽음에 포개어놓고 있다. 율리는 짙은 눈썹의 미간을 찌푸리고서 나에게 조용히 말하곤 했다. 모가 죽으면 나는 센터를 나갈 거예요. 모가 들려준 인생을 내 눈으로 직접 보고 싶어요. 하지만 아직 준비가 안 됐어요. 그러니까 아직 죽으면 안 돼요. 나는 율리가 원하는 것을 하나씩 이루며 자신만의 인생을 살아가길 바라고 있다. 만약 기대와는 달리 센터를 나갈 수 없어 좌절하게 된다면 그것 역시 인생의 모습이라고 말할 수 있을까?

율리는 하루라도 나를 이 삶에 붙잡아두려고 한다. 언제 죽어도 이상하지 않을 만큼 늙은 노인이 되어버렸는데도 말이다. 매일 밤 나는 내일이 없을지도 모른다고 생각하며 잠이 든다. 그것은 내일이 더 이상 없기를 바라며 잠이 드는 것과는 아주 다른 것이다. 죽어 있는 삶과 죽어가는 삶을 구분하는 이유도 그둘이 몹시 다른 모습을 하고 있기 때문이다. 할 수만 있다면 둘다 염두에 두고 준비를 해둘 필요가 있다. 그것은 어느 사이 찾아와 당신 삶의 전부가 되어버린다.

건강한 기분이라든가 생기가 도는 몸의 기운은 이미 잊은지 오래되었다. 나에게도 젊고 기운이 넘치던 시절이 있었다는 걸 나보다는 율리가 더 잘 알고 있다. 내가 그 시절의 이야기를 하면 율리는 금방 받아들인다. 그때는 어떻게 그렇게 할 수 있었는지 모르겠다고 생각하는 건 오히려 내 쪽이다. 그것이 전부 나의 이야기임에도 불구하고 말이다.

8월 27일 수요일

다른 삶은 없다고 말하는 이에게 다른 삶이 있다고 말해서는 안 된다. 어떤 절망에는 다른 삶을 꺼낼 수조차 없어야 한다. 잦아드는 불씨처럼 타들어가는 숨이 마침내 다 꺼질 때까지. 형체를 간직하고 있지만 이내 주저앉아 바스러질 때까지. 그대로 내버려두는 수밖에 없다. 그러니 절망하지 않는 사람이 절망하는 사람에게 할 수 있는 것은 없다. 나에게도 두려움이 무엇인지 정확히 모르던 때가 있었다. 지금은 무엇인지 정도는 알고 있다. 두려움은⋯ 나 말고는 이 세상에 아무도 없는 일이다. 아침에 눈을 떴을 때 살아 있는 일을 원망하는 일이다. 하지만 사람들에게는 괜찮다고 말하는 일이다. 두려움을 모르는 사람에게 내가 관대할 수 있을까? 세상에 한 번도 크게 져본 적이 없는 사람을 보는 일이 나는 늘 고통스러웠다.

살아 있기가 너무 힘이 들 때는 꼭 살아 있지 않아도 된다는 생각으로 위안을 삼곤 했다. 나는 가진 것이 늘 적었고 때로 삶을 위협할 정도로 적을 때도 있었다. 지금처럼 순순히 죽음을 기다리다 보면 내 손으로 나를 죽이려고 했던 순간이 생각난다. 만약에 그 순간으로 돌아가 나에게 말해줄 수 있다면 어떨까. 죽지 마. 너는 지금처럼 고통스럽게 살지 않아. 행복한 삶이 기다리고 있어. 그러면 나는 어리둥절한 눈으로 나를 바라볼 것이다. 이 늙은 여자는 누굴까. 분명 본 적이 있는 것 같은데. 불현듯 정신을 차리고 꽤 낯이 익은 나를 쳐다볼 것이다. 누구냐고 물으면 뭐라고 대답할까. 나는 너야, 하고서 어깨를 갸웃할까. 결과적으로 그때 죽지 않은 것은 잘된 일이었지만 그때 죽는 것이 더 나은 삶이 될 수도 있었을 것이다. 망설이지 말고 지금 죽어야 해. 지금 죽지 않으면 더한 고통 속에서 두고두고 지금 죽지 않은 것을 후회하게 될 거야. 매번 마지막일 거라고 이를 물고 버틴 고통이 그다음 찾아온 고통 앞에서 순순히 흩어질 때면 나를 죽이러 시간을 거슬러 가는 상상 속에 잠기곤 했다. 그때로 돌아가서 죽으라고 말해. 가만히 앉아서 창문 밖을 바라볼 때는 이런 생각들을 하며 시간을 흘려보낸다.

창문 밖에는 나무 한 그루가 서 있고 언제나 몹시 지쳐 보인다. 바닥은 흙이 날리지 않도록 납작하고 평평한 돌들로 뒤덮여 있다. 이제 어디서든 흙을 보기란 쉽지 않다. 흙이 필요한 곳은 약간의 유실이라도 막기 위해 돌로 덮어두어야 한다. 바다가 가까운 곳에 살고 있다면 언제든 모래를 보고 만지고 밟을 수 있겠지만 모래가 남아 있는 바다도 이제 얼마 남지 않았다. 내가 이곳에 들어오기로 결정했을 때 가까운 곳에 바다가 있다는 것이 무엇보다 안심이 되었다. 우리가 맨 처음 사랑을 했을 때 바다가 가까웠던 걸 생각하면 죽을 때 바다에 있고 싶었다.

사랑하는 두 사람은 점점 헤어지는 것을 아쉬워한다. 두 사람은 어느새 한집에 머무른다. 나도 그랬다. 그와 나는 한집에 살기로 결정한 뒤로 집에 있을 수 있는 것과 있을 수 없는 것을 구분했다. 우리는 스스로를 믿고 상대를 존중할 수 있었지만 그밖에 다른 것은 믿지 않았다. 우리는 서로에 대해 모르고 싶은 마음으로 집에 있을 수 없었다. 우리는 서로에게 말하고 싶지 않다는 표정으로 집에 있을 수 없었다. 우리는 서로를 비난하는 마음으로 집에 있을 수 없었다. 집은 언제든 돌아가고 싶은 장소여야 했다. 그래서 너무 엉망이 되도록 방치하는 것은 경계했다. 언제나 사방에 책이 쌓여 있고 책상이나 선반에는 그의 물감과 붓이 가득했지만 우리의 몸이 그것들과 더불어 편안히 놓여 있을 수 있어야 했다. 우리는 그것을 꽤 잘 지켰고 집에 들어서면 안도의 숨을 내쉬며 이제 온전히 둘이 되었음을 기뻐했다.

내가 그 시절에 대해 말할 수 있는 것은 그가 있었다는 것이다. 지금은 그가 없다. 나는 있고 그는 없다. 그것이 내가 지금에 대해 말할 수 있는 것이다. 그가 있고 내가 있었을 때 나는 그가 없고 내가 있는 삶을 생각하지 않을 수 없었다. 나는 그가 있어서 생겨나는 일들이 좋았다. 이른 저녁 나란히 앉은 소파에서 그가 졸고 있을 때 나는 그를 거기서 지워보곤 했다. 그러면 한없이 슬픈 마음이 들어서 나도 모르게 잠든 그의 얼굴을 쓸어내렸다. 그러다 영문을 모른 채로 깨어날 때 그의 얼굴이 짓는 표정이 나는 한없이 좋았다. 눈썹이 이마 위로 높이 솟았다가 닫혀 있던 눈꺼풀이 떨어지면서 그의 눈동자가 초점을 찾아갈 때, 깊은 숨을 들이마신 가슴이 한껏 부풀었다가 천천히 가라앉을 때, 그러다 옆에 있는 나를 발견할 때, 잠들기 전과 다를 것 없는 세계로 다시 돌아왔을 때, 그는 안도하는 것 같았다. 다른 곳에서 깨어나지 않아서 다행이라고, 이것이 다른 이의 삶이 아닌 자신의 삶이어서 정말 다행이라고, 그는 생각하는 것 같았다. 나는 마치 방금 전에 일어난 일인 것처럼 그와의 일들을 떠올린다. 그가 살아 있어서 그의 얼굴에 생겨나고 사라지던 수많은 표정들. 죽은 그는 더 이상 아무런 표정도 짓지 않았다.

8월 25일 월요일

　율리는 하루 두 번 하는 바닷가 산책을 한 번으로 줄이고 싶어 했다. 대신 그만큼 시간을 늘려 여유 있게 다녀오는 게 어떻겠냐는 거였다. 내가 말을 듣지 않자 바다에 혼자 나가도 좋다는 조건을 붙였다. 나는 기쁘게 그러나 내색하지 않고 그것을 받아들였다. 아침저녁으로 할 일이 너무 많아요. 특히 모는 너무 일찍 일어난다구요. 아침에 눈을 뜨면 당신이 나와 함께 바다에 가려고 기다리고 있다는 생각을 해요. 나는 다른 생각을 하면서 잠에서 깨고 싶어요. 율리는 정말로 속이 상한 표정이었다. 율리가 내 생각을 하며 깨어난다는 말에 깊이 감동을 받았지만 그만큼 안쓰러운 생각이 들었다. 불쌍한 율리. 매일 아침 내 생각을 하며 깨어나야 했다니. 그런 줄은 꿈에도 몰랐어. 우리는 웃음을 터뜨렸다.

　요 며칠 몸이 좋지 않아 꼼짝없이 침대에 누워 있었다. 그래서 더욱 안달이 나 있었는지도 모른다. 센터 직원들은 이미 율리가 내게 허락한 사항을 알고 있었다. 나는 율리에게 그만한 권한이 있다는 것에 놀랐다. 그럼에도 불구하고 내가 방 안에서 꼼짝 않고 지내는 동안에 사람들이 얼마나 동요했는지를 율리를 통해 알 수 있었다. 너도나도 혼자서 산책을 하겠다고 졸라댔다구요. 정말 끔찍했어요. 분명 당신이 겁을 집어먹고 방 안에 틀어박혀 있다고 생각할걸요. 자신들이 어떻게 할지 너무 잘 알고 있는 거죠. 우리는 다시 한 번 웃음을 터뜨렸다. 106호는 당신 얼굴을 할퀴고 싶다고 했대요. 세상에, 무서워라. 오늘은 며칠 만에 아침을 먹은 날이었고, 율리가 몰래 자신의 커피를 가져다주었을 때는 저녁으로 먹고 싶은 메뉴가 생각날 정도였다. 나는 기분 좋게 혼자만의 산책을 즐기려고 센터를 나섰다. 내가 복도를 지날 때 106호는 마침 가려는 곳이 있다는 듯이 문을 열고 나왔는데 눈인사를 건네자 황급히 주머니를 뒤적이며 다시 들어가버렸다. 나를 막는 사람은 아무도 없었다.

나는 혼자서 산책하는 것이 허용된 사람이다. 무엇보다 단순한 이 사실이 나를 벅차게 한다. 내가 아주 먼 곳까지 두 발로 걸어갔던 일들을 내 마음은 기억하고 있다. 살아 있다는 것은 두 발로 걷는 일이다. 두 발로 갈 수 있는 곳까지 갔다가 집으로 돌아오는 일이다. 거기에는 길이 있고, 날씨가 있고, 나에게 끊임없이 말을 거는 나의 마음이 있다. 나의 마음이 길을 나서지 못할 때는 나의 두 발도 꼼짝없이 묶여 있다. 안 좋은 일이 닥칠

때마다 마음을 돌보느라 힘이 들었다. 마음은 정말로 이상한 것이다. 나는 그것과 더불어 한순간에 어둠 속으로 추락한 다음 원래 내가 있던 곳으로는 절대로 다시 돌아가지 못한다. 마음은 내 얼굴을 활기에 차 있도록 만들기도 하고 쉽사리 걷히지 않는 그늘에 가두기도 한다. 나는 그늘진 얼굴로 궁핍한 차림을 하고서 구석에 앉아 있고 싶지 않았다. 그게 내가 오랫동안 꾸준히 지녀온 가장 속된 욕망이었다. 어쨌든 센터는 내가 지금 나의 처지를 긍정하고 있으며 자살 따위로 자신들의 시스템에 골칫거리가 되리라고 생각하지 않았다. 그들의 입장에서 보면 나는 생각할 거리가 되지 못했다. 내버려두면 주어진 대로 살아가는 사람들은 얼마든지 있다. 더 많은 것을 요구하지 않고 스스로 두려워 나쁜 짓은 저지르지 못하고 적당히 자신의 삶을 맡길 것을 찾으며 살아가는 사람들 말이다. 그런 사람들은 이 세상에 얼마든지 있고 그게 나였다.

이제 마음은 언제나 바깥을 떠돌고 있다. 나의 마음은 그때마다 가장 알맞은 풍경을 펼쳐놓고 나에게 그리로 갈 것을 종용한다. 그러나 이제 육신은 제자리를 맴돌고 있다. 나의 두 발은 먼 곳으로 떠나지 못한다. 양말을 벗자 모래 몇 알이 떨어져 내렸다. 나는 그것을 집어 손가락 끝으로 굴려보다가 입에 넣고 삼켰다.

8월 22일 금요일

　내가 사랑할 수 있는 사람이 어디에도 없다는 기분을 느껴본 적이 있는지. 내가 사랑할 사람이 어디에도 없구나. 나는 이렇게 혼자서 늙겠구나. 생각해본 적이 있는지. 내가 예견한 나의 미래는 텅 빈 것이었다. 그때 나는 서른몇 해를 살았을 뿐이었다. 집으로 돌아와 현관문이 닫히고, 어둠 속에 뚫려 있는 커다란 구멍을 마주할 때마다 마른 울음이 치밀어 오르곤 했다. 눈물이 절대로 흐르지 않는 울음. 다만 몸속에 고인 뜨거운 열기가 목구멍을 치밀고 오르는 것.

　나는 어느 때고 내가 아는 것보다 훨씬 약해질 수 있었다. 특히 어머니의 젊은 시절 사진을 보고 있으면 내가 어머니에게 가진 마음들을 후회하게 될까 봐 두려웠다. 무심코 서랍에서 발견한 사진 한 장에 돌이킬 수 없는 후회를 하게 될까 봐 겁을 먹곤 했지만 그렇다고 해서 달리 행동을 취하거나 마음을 고쳐먹지는 않았다. 나는 지나간 일은 뒤로 하고 앞으로만 가고 싶었다. 내가 그렇게 한다고 해서 누군가 비난할 수 있는 일도 아니었다. 그러나 어머니는 예외였다. 어머니는 그럴 수 있었다. 어머니는 나를 원망하는 눈길로 멀찌감치 서 있었다. 그 눈빛은 늘 견디기가 힘들었다. 하지만 젊은 날의 어머니는 두 살이 채 되지 않은 나를 품에 안고 수줍게 웃고 있다. 셔터를 누른 사람은 아버지일까?

어머니가 생전의 삶과는 다른 삶을 살았더라면, 그래서 내가 아는 사람과는 전혀 다른 사람이었더라면, 어머니 자신에게도 훨씬 좋았을 것이다. 어머니는 점점 더 불행해졌고, 그 불행을 신이 주신 고난이라 여겼다. 그래서 벗어날 마음이 어머니에게는 조금도 없었다. 나는 그 삶에 당연히 관여할 수 없었다. 함께 교회에 가서 설교를 듣는 일로 어머니를 조금 도울 수는 있었다. 하지만 성인이 되자마자 그조차도 그만두었다.

그를 만나기 전에 나는 언제 죽더라도 살아 있는 일에는 그다지 미련이 없는 인생을 살고 있었다. 살아가는 일에 기쁨을 느끼지 못하니 몸을 씻고 누이는 곳만은 청결하고 간결한 것이 좋았다. 그렇지 않으면 하루하루 버티기가 너무 힘이 들었다. 그때 나는 열다섯 평짜리 층고가 높은 복층 건물에 살았다. 작은 계단을 오르면 허리를 펴고 일어설 수 없는 높이의 공간이 있었다. 거기에 매트리스를 두고 잠을 잤다. 수중에 얼마쯤 돈이 생겼을 때 주저하지 않고 값이 꽤 나가는 매트리스와 책상을 사서

집에 두었다. 그런 다음 책장도 없이 가진 책은 모두 벽에 쌓아 두고 살았다. 값비싼 책상에 앉아 별것 없는 시간을 보내며 울음을 토해내듯 글을 썼다. 자기 전에는 창틀에 올라앉아 연거푸 담배를 피우며 술을 마셨다. 그러다 비틀거리며 계단을 올라가 값비싼 매트리스에 쓰러져 잤다. 아침에 눈을 뜨면 죽고 싶었다. 그 시절에 나는 갑작스런 사고나 병으로 혼자 남겨진 사람들이 어떻게 계속해서 살아갈 수 있는지, 그 삶이 무엇으로 이루어지는지, 알고 싶었다.

지금은 어떤가. 사랑으로 내 곁을 흐르던 시간을 나는 어떻게 잊기 시작했는가. 모든 것과 이별한 내가 지금 여기에 가만히 숨 쉬고 있다.

8월 19일 화요일

　내가 젊었을 때, 그러니까 사십 년 전에, 맙소사, 사십 년 전에 나는 서른 일곱 살이었다. 그때만 해도 결혼을 하지 않는 사람들이 점점 늘어난다는 것이 뉴스거리가 되기도 했었다. 출산을 장려하기 위해 낙태를 금지시킬 수 있다고 생각하는 사람들도 있었다. 불과 사십 년 전에 당연하게 여겨졌던 일들이 얼마나 나를 역겹게 하는지 겪어보지 않은 사람들은 모를 테지만 어느 정도 짐작은 해볼 수 있을 것이다. 인간은 자신에게 일어나지 않은 일들을 상상해볼 수 있다.

　이를테면 결혼한 부부 사이에서 남편이 아내를 때리는 행위가 아내를 바로잡고 가정을 돌보는 일이라며 묵인되었다. 남성 중심의 가부장적 이데올로기를 상상해본 적이 있는가? 당시 사회는 남성과 여성의 역할을 결코 동등하게 보지 않았는데, 그것은 여성이 약자이며 강자인 남성이 여성을 보호하고 부양해야 한다고 규정했기 때문이었다. 그들은 여성이 스스로를 보호하거나 부양할 수 없다고 여겼다. 그들은 바로 그 역할을 수행하고 여성으로부터 대우받기를 원했다. 그렇지 않을 경우에는 무시당한다고 여겼다. 물론, 당시에는 남성 중심의 가부장제에 순응한 여성이 많이 있었다. 그건 그대로 그저 당연한 것이었다. 우리 모두의 본성이나 다름없었다. 그렇다고 해서 모든 여성이 자신의 바깥에서 만들어진 본성대로 살아갔던 것은 아니다. 당연히 모든 남성이 여성을 억압했던 것도 아니다. 나의 설명을 따라올 수 있겠는가? 그 시절의 삶이 어땠는지를 짐작이나 해볼 수 있겠는가? 인간은 이해할 수 없는 행동을 한다. 그것이 폭력일 때는 더더욱 이해할 필요가 없다. 폭력은 이해의 바깥에서 생겨나고 가해진다.

내가 한창 가임기의 여성이었을 때, 나는 내가 속한 사회가 생산하는 가족 이데올로기를 받아들일 수 없었다. 일찌감치 가족으로부터 떨어져 나왔고, 내가 새로운 가족을 꾸릴 수 있을 거란 기대도 하지 않았다. 만약 지금 내가 아이를 낳을 수 있다면, 지금 다시 그럴 수만 있다면 아이를 낳아서 함께 살고 싶다. 아이를 낳아서 바다가 무엇인지 모래가 어떤 촉감을 가지고 있는지 보고 만지게 해주고 싶다. 함께 물속으로 천천히 들어가서 수평선을 바라보고 싶다. 집으로 돌아가 아이가 먹을 것을 만들고 아이 옆에서 함께 배를 채울 수 있을 것이다. 아이가 잠이 들면 다른 생각에 빠져 있다가 아이가 깨어나면 무슨 생각을 했는지 까맣게 잊고 싶다. 하지만 내 몸은 더 이상 아이를 낳을 수 없다.

서른일곱 살이 되었을 때 나는 처음으로 진지하게 아이를 낳을지 말지 고민했다. 아이를 낳는 것이 나를 위해 좋은 일일까? 나를 위해 나쁜 일은 하고 싶지 않았다. 아이를 위해서는 좋은 일일까? 하물며 나는 많은 날들 동안 태어난 것을 원망했었다. 원망하며 살지 않기 위해서, 편안한 마음으로 내게 주어지는 것들을 누리다 죽기 위해서, 나는 노력했다. 아이는 이 삶을 사랑하게 될까? 이 삶을 사랑하게 되기까지 아이도 노력할까? 고통스러운 시간을 원망하지 않고 죽지 않고 버텨낼 수 있을까?

아이들은 태어나 열다섯 해를 부모와 함께 산다. 그런 뒤 다양한 종류의 센터로 보내진다. 아이가 어디로 갈 것인지는 부모와 아이가 함께 결정한다. 이제 출산과 육아를 비롯한 가족의 운영은 국가를 통해 엄격하게 관리되고 있다. 막대한 비용이 들지만 전적으로 국가가 담당하지 않던 시절에 비해 엄청난 예산이 배가된 것은 아니다. 우리는 이제 이것이 충분히 할 만한 것이라는 것을 안다. 그렇지 않고서야 이 땅에 새로운 인간은 생겨나지 않을 것이다. 아이를 낳아 기르고 싶지 않은 곳은 누구도 살고 싶지 않은 곳이다. 그러면 국가는 종결된다. 하지만 이조차도 국가가 나서서 먼저 결정할 수 있을 것이다. 국가가 운영을 중단하고 자국민을 다른 국가로 이주시키는 사례도 점차 늘고 있다. 반드시 지속되어야 하는 것은 없다는 것을 인간이 받아들이면서 새롭게 생겨나는 것을 존중하기 시작했다. 출산과 육아를 담당하기로 결정한 부모들은 가족 구성원이 생계를 위한 필수 노동을 하지 않고도 살아갈 수 있도록 국가로부터 경제적인 지원을 받을 수 있다. 출산을 하지 않는 가정은 평생 그와 같은 물질적 혜택을 누리며 살아갈 수 없다. 그러나 물질적 혜택을 얻기 위해 출산을 결정했다가는 남은 인생을 고통 속에 보낼 가능성이 더 크다. 물질적 혜택과 더불어 그들은 강력한 책임을 요구받기 때문이다.

물론 처음부터 그랬던 것은 아니다. 출산과 육아를 자율적 의무와 개인의 성찰에 맡겼던 적도 있었다. 보다 자율적인 환경에서 자신의 성찰을 통해 결정을 내리고 그 책임을 다할 수 있도록 유도했던 때가 있었다. 물론 그보다 앞서 출산과 육아를 무조건 해야 하는 인류의 본성처럼 여기며 모두가 그 모델에 따르던 시대도 있었다. 그러니 결혼을 하지 않는 삶의 형태가 뉴스거리가 되기도 했던 것이다. 그때는 1인 가구라는 말이 새로운 모델을 표현하는 말이었다. 법적 혼인 관계에 놓인 2인 가구의 구성원은 1인 가구보다 더 나은 (적어도 그렇게 여겨지는) 혜택을 누릴 수 있었다. 당연히 이를 악용하는 사람들도 있었다. 사람은 그렇다. 사람이 그렇다는 것을 우리는 알고 있다. 물질적 보상과

물리적 처벌을 통해 인간의 삶을 더 나은 형태로 개선할 수 있다는 발상은 어느 시대든 전혀 새로운 것이 아니다.

자격이 박탈된 부모와 분리된 아이는 신속하게 진행되는 절차를 거쳐 입양을 원하는 다른 가정에게로 보내진다. 직접 출산을 하지 않아도 아이와 함께 사는 삶을 선택하고 기다리고 살아갈 수 있다. 그 책임을 훌륭하게 이행할 수만 있다면 말이다. 아이 역시 생부나 생모보다 자신이 살아갈 환경을 더 중요시한다. 이는 교육의 결과다.

8월 18일 월요일

　매일 글을 쓰리라 다짐했었다. 이 다짐은 언제나 과거형이며 나를 슬프게 한다. 이 한결같은 충실함이 언제나 나를 뒤따르며 나와 함께 있었다. 나는 다짐했었다. 내가 작가로서 할 수 있는 일은 매일 글을 쓰리라 다짐하는 것이었다. 그런 뒤에는 매일 쓰는 일을 잊지 않는 것. 나는 매일 쓰거나 매일 쓰지 않았다. 율리에게 노트와 펜을 받던 날 아주 오랜만에 다짐을 했었다. 매일 글을 쓰리라. 하지만 노트를 펼쳐보지도 못하고 지나는 날들이 더 많이 있다. 머릿속으로 문장이 흐를 때도 나는 무기력하게 앉아 있다. 앞으로 몇 장을 더 쓰게 될까? 이 노트를 다 쓸 때까지 나는 살아 있을까?

　나는 쓸 수 있었다. 나는 기다릴 수 있었고, 사랑할 수 있었다. 나는 화를 낼 수 있었고, 마침내 웃을 수도 있었다. 사람들이 나를 오해할까 봐 상심했었고, 내가 틀렸을까 봐 몰래 걱정했었다. 누구에게도 할 수 없는 말이 있었고, 하고난 뒤에는 반드시 후회하는 말이 있었다. 나에게는 예감이 있었다. 나는 인생이 예감과는 전혀 다른 것을 가져올 때 놀라움을 느꼈다. 나는 그걸 살아 있는 것이라 여겼다. 나는 살아 있었다. 지금은 살아 있었다는 어렴풋한 기분을 느끼며 하루 대부분의 시간을 의자에 앉아 보낸다. 국가가 나 같은 이들을 돌보는 이유는 자신의 시스템이 올바르고 무해하다는 것을 보여주기 위해서다. 만약 우리 중 누구 하나라도 이 시스템을 벗어나 스스로 생존하고 스스로 죽기를 선언한다면 국가는 혼돈에 빠질 것이다. 혼돈은 과거 그 자체이며, 자유로운 세계다. 나는 혼돈을 품고서 의자에 가만히 앉아 죽어가는 셈이다.

아침에는 돌멩이를 하나 주워서 방으로 돌아왔다. 그러고 보니 오래된 일이다. 현관에 흙이 묻은 신발을 벗어두고 나의 집으로 들어서던 일은. 내가 씻지 않고 놓아둔 그릇들이 부엌에 그대로 쌓여 있고, 냉장고에는 반 토막이 난 호박이나 두부 따위가 들어 있던 일도. 돌멩이를 주워온 것을 율리가 알면 금방 미간을 찌푸리고서 나를 노려볼 것이다. 그럼 나는 어쩔 수 없었다는 표정을 지으며 적당히 체념해야겠지. 내가 몰래 돌멩이 하나를 가지고 있는 것을 율리가 허락해줄까? 설마 돌멩이로 나를 죽일 거라고 생각하는 건 아니겠지. 율리는 늘 내게 말한다. 살아 있겠다고 약속해요. 내가 그에게 언제나 바랐던 것. 그가 살아 있는 것. 나는 사랑을 필요로 하고, 사랑을 기다리고, 사랑을 맞이하는 꿈을 꾸었다. 사랑하지 않으면서 떠나지 않는 것들을 경멸했고, 영영 혼자인 채로 살아갈까 봐 증오했다. 그때를 생각하면 나의 삶을 차근차근 다시 시작하고 싶다. 나와 그 사이에 사랑이 시작되던 순간을 다시 한 번 살고 싶다. 오직 두 사람만 남긴 채로 망설이고 머뭇거리며 문을 닫던 순간을. 오늘 밤 나는 돌멩이를 품고 잠이 들 것이다. 다시 깨어나지 못한다면 이 작은 돌멩이에 깃들기를 바라면서. 율리가 바다 멀리 나를 던져 준다면, 물 밑에 가라앉아 오래도록 이 세상의 일부로 남아 있고 싶다. 나의 쓸모는 생각하지 않고서. 가만히.

8월 12일 화요일

　점심 식사 후 응접실에 모여 제각기 휴식을 취하고 있을 때 엘더로부터 내려온 이슈가 있었다. 각자 원하는 활동을 양식에 따라 적어 제출하면 의견을 취합해 방안을 마련해보겠다는 것이었다. 그때 나는 발행일이 한참 지난 잡지를 읽고 있었다. 그나마 종이를 넘기며 활자를 보는 것이 좋았다. 응접실의 사람들은 한동안 서로의 얼굴을 물끄러미 바라보았다. 글쎄. 나는 산책 말고는 하고 싶은 게 없었다. 내가 엘더에 바라는 것이 있다면 나를 구슬리거나 제한하기 위한 빌미로 산책을 삼지 않는 것뿐이다. 간혹 영화를 보고 싶을 때가 있는데 그런 걸 허용할 리 없다. 우리 같은 사람들이 혼자서 다른 생각에 잠기는 것만큼 위험한 것이 또 없을 것이다. 우리는 각자 방에 누워 조용히 이 삶을 끝장내고 싶어 할 것이고, 국가는 가장 쓸모없는 우리와 더불어 실패하고 말 것이다.

　나는 살아야 할 이유도 없으면서 자신을 살려두고 있다.[1] 이 세상에는 나를 살아가게 해줄 것이 아무것도 없다. 그렇다고 해서 내가 삶에 대해 비참함을 느끼고 있는 것은 아니다. 자신을 살려두는 것만으로도 살아야 할 이유는 충분하다. 우리는 살아 있기 때문에 살아 있다. 사랑하기 때문에 사랑하는 것처럼. 한때 나는 만족스러운 삶의 한가운데서 그와 함께 시간을 보내는 것만으로도 영원히 살아갈 수 있을 것 같았다. 그리고 바로 그점에 절망했다. 우리가 함께하는 삶이 반드시 끝나리라는 것. 나는 혼자 남겨지리라는 것. 그가 혼자 남겨진다면 그 역시 절망할 것이다. 그는 슬픔에 잠길 것이다. 하지만 그럴 때도 나는 그가 자신에게 주어진 삶을 잘 살아가기를 바랐다. 내가 먼저 죽었다면 그는 그렇게 했을까? 그는 어떤 삶을 살았을까? 이런 생각을 하고 있으면 슬픔과 기쁨이 하나라는 것을 알 수 있다. 슬픔과 기쁨이 둘일 때는 그 어느 쪽도 완전하지 않다는 것을 받아들일 수밖에 없다.

　그는 일흔여덟 해를 살고 죽었다. 지금으로부터 18년 전의 일이다. 나는 올해 일흔여덟 살이 되었다. 우리는 스물네 해를 함께 살았다. 그와 함께 사는 동안에 나는 다시 혼자가 되어도 괜찮을 만큼 충분히 그와 함께 살 수 있기만을 바랐다. 나는 그가 죽어도 좋을 때까지 살아 있기를 원했다.

　그런데 그런 일이 가능할까? 원하지 않는 삶이 너무 많이 남아 있는 것을 끔찍하게 여기는 것처럼, 살아온 날들을 충분하게 여기는 것도 가능할까? 우리가 충분히 사랑을 주고받았고, 함께 살아 있음으로 기뻐했으며, 부족함 없는 시간을 함께 누렸다고 생각하는 것으로 그치지 않고 그것을 완전히 받아들이는 것이 가능할까? 그는 이 세상에 나를 두고 먼저 떠나는 것을 슬퍼했다. 우리 두 사람의 삶이 막 시작되었을 때 나보다 먼저 죽음을 떠올린 쪽은 그였다. 당신을 두고 어떻게 눈을 감을지 모르겠어. 그는 내 이마를 쓸며 말하곤 했다. 우리는 각자 떠나고 남겨지는 순간을 여러 번 맞이하면서, 그때마다 조용히 슬픔을 느끼면서, 남아 있는 날들을 함께 살아왔다. 그리고 그 순간은 정말로 찾아왔다. 그가 나를 이 세상에 남겨두고 눈을 감는 순간이.

지구에는   무엇이   있습니까

8월 9일 토요일

지구가 아닌 다른 곳에서 살 수 있다면 당신은 지구를 떠날 텐가? 자기 자신을 있는 그대로 드러내고 삶의 본연으로 삼는 일이 스스로를 위험에 빠뜨리는 일이 되어버리는 때가 있었다. 자기 자신이 되지 못하는 비참을 견디며 어떻게든 살아야 하는 때가 있었다. 어떻게든 살아가야 한다는 것은 자신의 인생을 오로지 혼자서만 책임지면서 타인의 요구도 수용해야 한다는 것이다. 타인은 요구만 할 뿐 책임은 없다. 타인의 요구를 거부하고 내 삶의 일부로 받아들이지 않기로 결정하는 순간 나는 고립된다. 하지만 본연의 모습대로 자유롭게 살아갈 수 있다. 그것은 곧 자신의 생계를 위험에 빠뜨린다는 것과 같은 얘기다. 하지만 적어도 스스로 위험을 택할 자유는 있었다. 삶이 끝날 때는 어떨까? 그때도 희망이 필요할까? 끔찍한 범죄의 대상이 되거나 고통스러운 질병에 시달리고 있다면 어떨까? 다른 누군가에게 삶은 살아갈 만한 가치가 있고, 저마다 충분히 아름답다고 나로서는 말할 수 없다. 만약 삶으로부터 충만한 감정을 얻고 싶다면 우리에게 당장 대가를 바라지 않는 것을 원하라고 말하고 싶다. 이를테면 날씨 같은 것. 흘러가는 구름 같은 것 말이다. 어느날 나는 우연히 올려다본 하늘에서 달빛에 투명하게 빛나는 기이한 구름들을 보았다. 내가 살아 있어서 이런 구름들을 다 보는구나 하고 시시한 생각에 한참을 잠겨 있었다. 한밤중의 다시없을 창문 밖의 광경은 내가 단지 살아 있기 때문에 볼 수 있었던 것이었다. 물론 창문 밖을 보는 것만으로도 생동하는 마음을 지녀야 할 테지만 말이다. 그런 의미에서 나는 나의 마음을 좋아한다. 구름을 따라 움직이는 나의 마음을. 그러니 삶은 살아볼 만한 가치가 있다고 타인을 향해 말할 수 있을까? 나는 말할 수 없다. 때로는 삶에 대해 입을 다물 줄도 알아야 한다. 내가 타인에게 바라는 것이 있다면 바로 그것이다. 입을 다물고 가만히 자신의 삶을 살아가는 것.

엘더에는 나처럼 충분히 늙고, 시간을 경험하고, 한 생애를 간직한 사람들이 살고 있다. 우리는 시간 속에서 스스로 살아남아야 했고, 그로 인해 과거의 시간이 정신의 이곳저곳에 벌려놓은 빈틈을 지니고 있다. 그로 인해 우리는 차츰 격리되었다. 적어도 엘더의 외면은 우리를 위해 잘 갖춰진 시스템처럼 보인다. 국가의 입장에서 보자면 우리는 돈을 들여서라도 격리시킬 필요가 있을 것이다. 우리는 불만을 품고 생각하는 방법을 알고 있었고, 때로 통제가 어려울 만큼 거칠었다. 우리는 필요하다면 우리 자신을 집요하게 만들 수도 있었다. 그러니까 우리는 시스템을 불신하고 삶이란 스스로 개척해야 하는 것으로 여기며 살아왔던 것이다.

옛날에는 '운명'이라는 단어를 사용했다. 당신과 내가 만난 건 운명이야. 이렇게. 그러고 보니 오랫동안 사용하지 않아 사라진 말들이 세상에는 많이 있다. 율리는 한참 후에야 그 말을 이해했다. 율리는 사람이 사람에게 운명이 될 수 있다는 것을 신비롭게 여겼다. 그건 마치… 자기 자신으로는 부족하다는 뜻으로 들려요. 내가 살아가는 데 다른 사람이 왜 필요하죠?

살아오는 동안에 나는 무엇보다 안전한 기분을 원했다. 큰 질병에 휩쓸리지 않고, 끔찍한 사건에 휘말리지 않고, 불행한 시간에 굴복하지 않기를 바랐다. 그와 함께 사랑 속에서 아무에게도 설명할 필요가 없는 밤과 낮을 원했다.

8월 7일 목요일

아침에 일어나 삶은 달걀 두 개와 복숭아 한 알을 먹었다. 삶은 달걀의 껍질을 벗기면서 간밤에 꾸었던 꿈들을 전부 기억해보려고 했지만 잘 되지 않았다. 요즘 내가 꾸는 꿈이란 대게 비슷하다. 꿈에서 나는 죽었구나 하고 생각하면서 사방을 둘러본다. 사방은 컴컴하지만 전혀 어둡지 않다. 아무것도 없다는 것만을 확실히 느낀다. 내 발은 땅을 딛고 있지도 공중에 떠 있지도 않다. 그러면서 나는 죽었구나 하고 생각하는 것이다. 그럴 때 나는 확실히 무얼 해야 할지 몰라서 당혹스럽다. 죽음에서조차 무얼 해야 할지 생각하는 꿈이라니. 물론 아침에 눈을 뜨면 오늘은 무얼 하면 좋을까 하고 생각한다. 나는 여전히 포기하지 않고 시간을 어떻게 보내면 좋을지를 생각하고 있다. 자신이 원하는 바를 정확히 알고, 그것을 선택하고, 다른 삶을 꿈꾸지 않으며, 그러므로 다른 삶이 무엇인지조차 모르는 삶. 그런 게 가능한데도 말이다. 그러니까 그런 게 가능하다는 것을 지금은 어느 정도 받아들였다.

가난이 전부인 삶을 살다가 레이버에 등록을 마친 사람들은 공장에 딸린 센터에서 숙식을 제공받는다. 숙련공이 되기까지 교육도 국가가 담당한다. 일정 기간 동안 정해진 시간에 자신이 담당할 기계 장치 앞으로 가서 그 기계와 친숙해지면 되는 일이다. 나머지 시간에는 이런저런 강좌를 들을 수 있다. 휴가 기간에는 여행 프로그램이 제공된다. 그들은 단체로 관광버스에서 내린다. 손에는 볼 것 없는 팸플릿을 들고. 물론 월급도 받는다. 그러나 돈이 좀 모였다고 해서 센터 바깥에 집을 마련할 순 없다. 그들은 반드시 레이버 산하의 센터에 머물면서 외부로 이동할 때는 제공된 셔틀에 탑승해야 하고 통금 시간이 있다. 그리하여 그들은 이 세상에 없는 존재인 것처럼 되어 있다. 사람들은 단순히 눈에 보이지 않는다는 이유로 그들을 전부 잊어버렸다. 누구도 이런 감옥에서의 삶은 원하지 않을 것 같지만 국가는 계속해서 유입되는 노동력을 감당하기 위해 수익의 상당 부분을 사용한다. 대기자들은 센터 밖에서 노숙을 해가며 몇 달씩 기다린다. 물론 자신의 차례가 오기 전에 사라지는 사람이 더 많다. 실종자들의 행방은 살아 있는 한 밝혀진 바가 없다.

일단 센터에 등록이 되면 사람들은 '공식적'으로 살아 있을 수 있게 된다. 결혼을 해서 센터의 2인 가족 구역으로 이동할 수도 있다. 아이를 낳으면 보다 넓은 평수의 거주지를 제공받을 수도 있다. 이혼을 원할 경우 간단한 심사를 거쳐 센터에 신고를 하고 다시 1인 거주 구역으로 돌아가면 된다. 이혼으로 생존이나 사유 재산을 위협받지 않기 때문에 그 과정 역시 매우 간결해질 수 있었다. 센터 내에는 외부와 철저히 격리된 학교가 있고, 이곳에서 태어난 아이들은 무상으로 교육을 제공받는다. 하지만 역시 센터 밖으로 나갈 수 없다. 거주 지역, 교육구, 직업군 따위는 이제 이동이 불가능하다. 사람들은 자신이 태어난 그대로 살아간다. 레이버의 출산율은 전혀 높지 않다. 거의 없는 것이나 마찬가지다. 그들은 아이를 원하지 않는다. 책임과 교육의 의미를 알지 못하기 때문이다. 다른 한편에서는 자신과 같은 삶을 아이에게 주고 싶어 하지 않는다. 레이버의 급진적이고 극단적인 유니온은 새로운 세대를 생산하지 않는 자신들의 죽음과 함께 레이버 역시 소멸하는 것을 꿈꾼다. 정부 입장에서 본다면 새로 유입시킬 노동력은 차고도 넘치므로, 심각한 노동력 부족을 겪기 전까지는 출산 장려를 하지 않을 것이다. 국가는 그들을 진정시킨다. **불안한 그들을 차분하고 의욕적인 일꾼으로 바꾸는 것이다.**[2] 국가의 지원과 그에 따른 통제를 원하지 않는 사람들은 '비공식적'으로 살아남아야 한다. 물론, 그럴 수 있다면 말이다.

8월 6일 수요일

　밤이 오면 주변을 잘 정리하고 잠자리에 든다. 아무런 장식이 없는 천장에 드리워진 빛의 무늬를 보고 있으면 내일 아침 메뉴가 무엇인지 궁금하다가도 입맛대로 내가 먹고 싶은 것이 떠오르곤 한다. 그럴 때 사람들은 식당에 모여서 태국식 국수를 먹고 있다. 이건 모가 좋아하는 음식인데. 301호가 말한다. 모는 어디에 있지? 일제히 국수를 먹다 말고 서로를 바라본다. 모는 이제 안 올 건가 보다. 405호가 말한다. 확실해? 아무도 대답하지 않지만 대화는 여기서 끝이 난다. 301호의 이름도 405호도 이름도 기억이 나지 않는다. 그들 역시 이렇게 말할 수도 있다. 110호는 어디에 있지? 내가 태국식 국수를 좋아한다는 걸 그들이 알까? 나는 죽을 때 마지막으로 똠얌을 먹을 거야. 젊었을 때 나는 그 말이 아주 재미있다는 듯이 말하곤 했었다. 그만큼 맛이 있다는 뜻이었다. 한 손에는 책을 한 권 들고 집 근처의 태국 음식점으로 걸어가서 천천히 똠얌을 먹던 저녁을 기억하고 있다. 사람들은 그런 저녁을 좋은 저녁이라고 말했었다. 천천히 내려앉는 가슴으로. 좋은 저녁이다. 이렇게.

밥을 먹으면서 책을 읽는 일은 언제나 나의 기대감을 부풀게 하는 일이었다. 밥을 먹으면서 영화를 보는 일도 마찬가지. 책이나 영화를 골라놓고 부엌에서 먹을 것을 만들면서 품는 기대. 나는 다른 사람이 만든 것에 기대를 품는 일을 좋아했다. 그러나 기대를 충족시킬 만한 것들이 늘 있었던 것은 아니다. 그럴 때는 실망감을 안고 남은 음식을 먹는 일에 집중했다. 나는 음식을 먹는 것을 좋아해서 맛있는 음식을 먹는 일만으로 다른 실망스러운 일들을 잊을 수 있었다. 생활비가 걱정돼 울다가도 먹고 싶은 게 떠오르면 눈물을 닦고 그것을 먹었다. 내 앞에는 언제나 안 좋은 일이 도사리고 있는 것만 같은 불안한 날들을 살면서도 내가 밥을 맛있게 먹으니까 유야무야 돼버린 건 아닐까 생각하곤 했다. 나에게 좋은 일이 생기는 것도 내가 밥을 맛있게 먹고 밥을 무척이나 좋아해서라고. 나는 그렇게 믿고 있다. 내가 음식에 기쁨을 느끼지 못하고 밥을 맛없게 먹는 사람이었다면 대신 내 앞에 마련돼 있던 모든 불행을 그대로 맛보았을 것이다. 내가 맛본 몇 가지 불행은 내 마음보다도 먼저 몸을 심각하게 무너뜨렸다. 어쩌면 무너진 몸이 다시 일어서려고 스스로 음식에 가까워졌던 것인지도 모른다. 맛있는 냄새와 풍미는 나를 분명히 사로잡았다. 불행한 마음과 불행한 몸이 촘촘히 깨어나 반응을 하면서 나를 전혀 다른 곳으로 데리고 갔으니 말이다.

큰 그릇에 방금 조리한 음식을 가득 담아두고 여럿이 앉아 자기 앞에 놓인 그릇에 나눠 먹던 시간들 역시 기억하고 있다. 내가 사랑을 주고 사랑을 받는 사람으로서 이 삶을 살아간다고 생각할 때 나는 기대감이 충만한 식탁에 둘러앉아서 각자의 음식을 옮겨 담는 사람들 사이에 앉아 있다. 나는 가장 마지막에 내 몫의 음식을 그릇에 담으면서 사람들의 목소리를 듣는다. 정말 맛있다. 이건 어떻게 만든 거야? 나에게 그런 시간들이 많이 있었다는 것을 생각하면 기쁨과 슬픔이 동시에 찾아온다. 내일 아침에 일어나 나는 또 한 번의 아침을 먹게 될까? 내일 아침 메뉴는 무엇일까? 이제 잠드는 것으로 나의 삶이 멈춘다면 나는 이대로 울지 않고 잠들 수 있을까? 내가 사랑할 수 있었던 것을 생각하면 매번 눈물이 난다. 그래서 되도록 생각하지 않으려고 하는데도 사랑으로 흐르던 시간들만이 선명히 생각난다. 그러면 바싹 마른 눈꺼풀에도 눈물이 맺힌다. 나 같은 노인의 눈물은 뺨을 따라 흐르지 않고 주름진 피부를 따라 번진다. 갈래가 너무 많아서 눈물도 마치 길을 잃는 것만 같다.

정말로 그렇다. 사랑은 사랑으로 시간을 흐르게 한다. 고통은 고통으로 시간을 흐르게 한다. 욕망은 욕망으로, 편견은 편견으로, 거짓은 거짓으로, 제 나름의 시간을 흐르게 한다. 진실로 흐르는 시간은 없다. 나는 거짓으로, 편견으로, 욕망으로, 고통으로, 사랑으로 흐르는 시간을 살았다. 나에게 와서 흐르던 시간이 언젠가 나에게로는 더 이상 오지 않을 것이다. 어제도 나는 마음의 준비를 하고 있었고 오늘도 나의 시간이 멈출 수도 있다고 생각했지만 여전히 시간은 이렇게 흐르고 있다. 그 순간이 언제가 될지, 마지막 순간을 나는 알 수 있을지, 그것을 몰라 초조할 때가 있다. 인생은 자주 함정을 놓고 함구한다. 시간은 내가 가장 귀하게 여기는 것을 나에게서 빼앗아 갔다.

8월 4일 월요일

　지금 내 머리카락은 온통 희고 남자처럼 짧다. 머리는 내가 원할 때마다 율리가 잘라준다. 이토록 짧아진 것도 내가 그만큼 자주 원했기 때문이다. 율리는 거절하지 않는다. 율리는 내가 시간을 보내는 방식을 좋아한다. 나는 율리와 함께 거울을 바라보는 것을 좋아한다. 이러다가는 더 자를 것도 없겠어요. 율리는 내 머리를 부드럽게 쓸며 그저 가위를 놀린다. 나의 머리카락은 바닥에 쌓일 것도 없이 희고 투명하게 공중을 떠다니다 흩어지고 만다. 한번은 율리에게 엘더 근무가 끝나면 어떤 옷을 입는지 물어본 적이 있다. 율리는 또 내 질문을 금방 이해하지 못했다. 율리는 가위를 쥔 손을 멈추고 거울에 비친 나를 응시하다가 낮은 목소리로 말했다. 나는 언제나 이 옷을 입고 있어요. 율리는 분명 적대감에 찬 눈으로 나를 바라보았다. 당신처럼요. 나는 그동안 율리의 감정이나 속마음을 잘 알아차리는 편이었는데 그날 율리의 얼굴에 드리운 표정은 알 수가 없었다. 게다가 율리는 나와 다툴지언정 나에게 적대감을 보인 적은 한 번도 없었다. 그날은 내가 율리에게 상처를 준 것 같아서 마음이 몹시 아팠다.

'남자처럼' 짧다는 것은 그야말로 옛날식 표현이다. 이제 아무도 그런 표현은 사용하지 않는다. 만약 내가 율리에게 남자처럼 잘라달라고 말하면 율리는 그게 무슨 뜻인지 알아차리지 못할 것이다. 그때만 해도 사람들은 짧게 자른 머리 모양을 남자 같다고 생각했다. 그런 시절이 정말로 있었다. 거리에는 남자 같고 여자 같은 것들이 넘쳐났다. 남자 답지 않은 것과 여자 답지 않은 것은 어떻게든 반드시 문제가 되었다. 남자 답지 못한 사람이나 여자 답지 못한 사람이 안전하게 살아갈 수 없었다. 그 시절에 그는 이렇게 말하곤 했다. 그땐 왜 그렇게 머리를 남자처럼 하고 있었어? 내가 남자 같았어? 정말 예뻤어. 내가 예뻤어? 예뻐서 어쩔 줄 몰랐어. 우리가 서로를 처음 보았을 때 나는 손가락 한 마디쯤 될 법한 길이의 머리카락을 오른쪽으로 빗어 넘긴 모양을 하고 있었다. 그는 내가 남자처럼 짧은 머리를 하고서 뚱한 표정으로 자신 앞에 서 있던 모습을 떠올리는 걸 좋아했다.

그 시절에 나는 너무 작아서 봉긋하기만 할 뿐 전혀 눈에 띄지 않는 가슴을 가지고 있었다. 게다가 헐렁한 상의를 입는 것을 좋아해서 따로 속옷을 착용하지 않아도 내 가슴은 겉으로 드러나지 않았다. 나만큼 늙은 사람이 아니라면 '속옷을 착용하지 않아도'라든가 '겉으로 드러나지 않았다'라는 말을 이해하기 어려울 것이다. 내가 젊었을 때 여자들은 자신의 가슴을 가리기 위해 속옷을 착용했으니까. 속옷에는 유두의 모양이 드러나지 않도록 두툼한 패드가 부착되어 있었다. 여성의 유두는 드러나서는 안 되는 것이었다. 사람들은 그것을 꺼렸다. 남자들은 말할 것도 없거니와 여자들 중에서도 유두의 모양이 드러나게 옷을 입은 여자를 의아한 눈초리로 바라보는 경우가 있었다. 그저 남들이 생각하는 대로 살다 보면 그런 일들이 생겨난다. 가슴의 모양이나 크기를 유난히 강조하는 옷은 나와 어울리지 않았고 딱히 입고 싶은 마음도 없었다. 내가 좋아하는 옷차림에 짧은 머리 모양을 하고 있으면 사람들은 나를 남자 같다고 생각했다. 나는 내 모습이 좋았지만 다른 사람이 남자 같다고 말하는 것은 싫었다. 다른 어떤 말도, 하물며 칭찬도, 나를 판단하는 말은 죄다 싫었다. 그런데 내가 율리에게 이 이야기를 했던 적이 있었던가? 율리는 나의 젊은 시절 이야기를 듣는 것을 좋아한다. 율리는 내가 자기처럼 젊은 여성이었을 때 살았던 세상에 대해 알고 싶어 하면서도 완전히 이해하지는 못하는 것 같다.

어쩌다 여러 명의 여자들과 옷을 벗고 있게 되면 다른 여성들의 몸이 나와는 많이 다르다는 생각을 하곤 했다. 다른 여성의 몸은 늘 신기했다. 나는 아름다운 여성의 몸을 보는 것이 좋았다. 여성 모델들의 화보 같은 것 말이다. 지금도 그런 것을 볼 수 있다면 좋으련만. 나는 왜 율리가 자신의 방으로 돌아가 전혀 다른 모양의 옷으로 바꿔 입을 거라고 생각했을까. 나와 만나기 전까지만 해도 율리는 자신의 삶에 만족했다. 다른 삶이 있다는 것을 알지 못했기 때문이었다.

나에게 없는 선택지를 누군가는 가지고 있다면 그 사실도 그 사람도 나는 견디지 못할 것이다. 그가 선택지를 감추고 나와 같은 척 어설픈 연기를 보인다면 나는 결국 어떤 방식으로든 그를 증오하고 말 것이다. 율리도 그런 것이 아니었을까? 증오보다는 경멸에 가까웠을까? 내 처지나 율리의 처지는 크게 다를 것이 없다. 다만 율리에게는 살아갈 날들이 더 많이 남아 있다는 것. 율리는 남아 있는 날들을 지금과 같이 살아가는 것에 대해 두려움을 느끼기 시작했다. 은밀히 그러나 아주 확실하게. 불확실한 미래가 시작된 것이다.

내년 이맘때 우리는 무얼 하고 있을까?

그는 항상 이렇게 대답했다.

모르지.

지구에는   바다가   있습니다

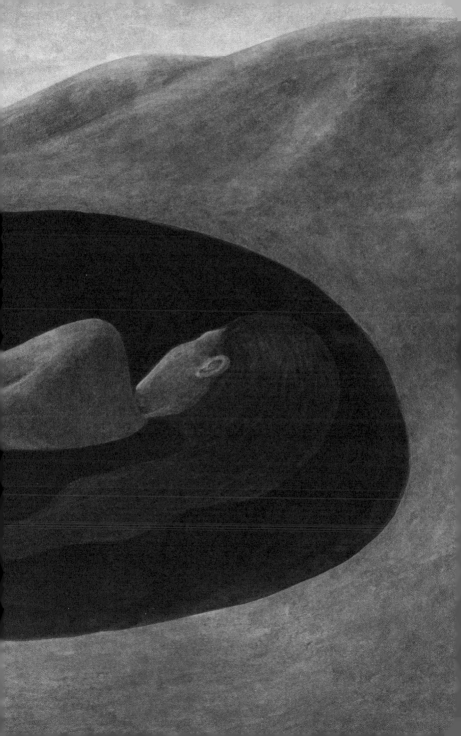

8월 1일 금요일

　내가 바다를 처음 본 것은 언제였을까. 누군가 대신 말해줄 수 있다면 좋으련만. 물어볼 사람은 나뿐이다. 이 세상에 나의 일생에 대해 아는 사람은 이제 나뿐이다.

　나는 언제 처음으로 바다를 보았을까.

　지평선 대신에 수평선이 펼쳐지는 광경을 처음으로 보았을 때의 느낌을 나는 생각할 수조차 없다. 아무리 애를 써도 기억이 나지 않는다. 나의 감정은 기억이 나지 않지만 바다를 처음 보는 인간의 감정을 상상해볼 수는 있을 것이다. 하지만 내가 상상하고 공감하는 그 감정이 나의 기억이 아니라는 생각에 이르면 나는 알 수 없는 질투에 사로잡힌다. 나의 삶이 나의 상상을 질투할 때 나는 작가로서의 쾌감과 슬픔을 느낄 수 있다. 하지만 지금까지는 단 한 번도 생각해보지 않았던 것이다. 내가 언제 처음으로 바다를 보았을까 따위는. 죽음에 이르러서야 처음을 생각해보고 있다는 것. 낡은 사진 속에 나는 태어난 지 1년이나 지났을까 싶은 작은 몸에 담겨 어머니와 함께 바닷가에 앉아 있다. 그때였을까?

해마다 여름이면 우리는 바다에 나가 수영을 했다. 대체로 둘뿐이었지만 간혹 우리를 찾아 멀리서 온 이들과 함께 바다로 가기도 했다. 나는 처음 바다를 보았을 때를 기억할 수는 없지만 내가 바다를 바라보며 모래 위에 누워 있던 일들, 바닷물에 몸을 담그고 내가 감당할 수 있을 때까지 걸어가던 일들, 물에 떠서 수평선을 동경하던 일들을 바로 어제 일처럼 떠올릴 수 있다. 8월의 바다는 7월의 바다와 분명히 다르다는 것도.

나는 등골이 서늘해진다는 말을 천천히 깊어지는 바다로 걸어 들어가면서 배웠다. 등의 가장 움푹 패인 곳이 일렁이는 수면에 잠길 때 서늘해지는 등골은 그다음 바다에 들어갈 때도 그다음 바다에 들어갈 때도 매번 똑같이 반응했다. 등골을 타고 머리 끝까지 전해지던 그 차가움을 다시 한 번 느낄 수 있다면.

그해 여름 이제 막 스물여섯 해를 살아온 아이는 자신의 평생을 보살펴준 존재를 원망하면서 그가 없이 이 세상을 살아가는 일이 어떤 일인지를 묵묵히 감당하고 있었다. 그 미움에 대해서라면 나도 잘 알고 있었다. 보살핌을 받든 받지 못하든 우리 인간은 인간을 미워하며 분리된다. 나는 그가 오랜 시간을 들여

보살펴온 아이와 함께 시간을 보내는 모습을 보는 것이 좋았다. 그는 자신을 원망하는 아이로 인해 때로 상처를 받았지만 그 상처를 치유하기 위해서 혹은 다른 방식으로 보상받기 위해서 아이에게 요구하는 것이 없었다. 나는 아이가 조용히 자신 안에 자리 잡은 원망을 걷어내면서 그의 곁에 머물다 가는 시간들을 사랑했다. 그리고 그 시간 속에는 나의 자리가 마련되어 있었다. 그들 사이에 있다 보면 나의 유년이 떠올라 고통스러울 때도 있었다. **그럴 때는 그대로 가만히, 온갖 의무와 자존심과 고통의 껍데기 밑에서는 나의 어머니도 나를 사랑한다는 사실만 떠올리는 편이 최선이었다.**[3] 함께 웃다가도 혼자서 금방 울고 싶어지던 그해 여름의 파고들. 할 수만 있다면 40년 전 여름으로 돌아가 단 한 순간도 빠짐없이 그대로 다시 한 번 살아내고 싶을 때가 있다.

　젊은 시절에 나는 외로움은 혼자서 해결 가능한 것이라고 생각했던 것 같다. 하다못해 외롭지 않다고 생각하면 그만이라는 심중이 있었다. 외롭지 않다고 생각한 뒤에 외롭지 않은 사람처럼 행동하다 보면 마침내 외롭지 않은 사람이 되는 거라고 생각했던 걸까. 외롭다는 상태를 인정하는 것은 스스로 해결할 수 있는 것을 해결하지 않고 그대로 둔 것이라는 생각이 들어서 나름으로는 용납이 잘 안 됐다. 어제 다 못한 일이 있는 것처럼 찜찜하고 해야 할 일을 제대로 하지 않는 게으른 사람처럼 느껴지곤 했다. 그러다 어느 책이나 영화에서 외로움을 느끼는 인물을 보게 되면 그제서야 사람이 외로움을 느끼는 것은 자연스러운 일이라고 스스로를 타이를 수 있었다. 그 순간을 빌어 나에게도 외로움을 느껴도 괜찮다고, 외로움을 느끼고 있다는 것을 인정해도 괜찮다고 다독이곤 했다. 하지만 실제로 외로운 사람을 만나는 것은 싫었다. 책이나 영화에서 외로운 사람의 내면을 들여다보는 것은 이루 말할 수 없이 좋았지만 그건 어차피 그들을 통해 나를 보는 일이었기 때문이다. 외로움을 드러내는 타인을 만나는 것은 싫었다. 실제로는 그 역시 해결할 일을 그대로 둔 채인 게으른 사람이라고 받아들이고 있었던 것이다. 내가 밖으로 내보이고 싶지 않은 것은 타인에게서도 보고 싶지 않았다. 머리로나 마음으로는 딱히 규정할 수 없는 생각들로 혼란스러워하면서 본능적으로는 타인을 꺼렸달지. 어쩌면 내게 너무 많은 것을 강요하고 인내하길 요구하는 가족들을 일찍 거절했기 때문인지도 모른다. 그런 나의 선택은 나를 평생에 걸쳐 타인을 받아들이는 일에 서투른 사람으로 만들었다. 아무리 노력해도 나는 사랑에서 비롯되는 마음으로 타인을 대할 수 없었다. 게다가 나는 그 어떤 누구에게도 창피한 기억의 일부가 되고 싶지 않았다. 다부지고 자신감 있게 행동하고, 자신의 의심에 대해서는 말하지 말자고 생각했다. 의심을 상대해본 적이 없다면 영영 의심을 없애지 못할지도 모르지만 상관없었다.[4] 그렇게 하지 못한다면 누구도 나를 인내하지 않으리라는 확신이 있었다. 나는 실패하기 싫었기 때

문에 사람들 속에 섞이지 않았다. 나에게 사랑은 가장 나중에
야 생겨나는 것이었지만 그 나중이 오기까지 함께 있었던 사람
은 그가 전부였다. 모든 것이 사랑이 생겨나기 전에 왔다가 사
라졌다. 나의 어머니는 2032년에 죽었다. 그것이 어머니에 관한
마지막 공식적인 기록이다. 내가 어머니를 마지막으로 본 것은
2027년 무렵이었다. 아버지의 사망 기록은 찾지 못했다.

7월 31일 목요일

　　양육권을 포기할 수 있는 기한은 3년이다. 3년 안에는 절차를 거쳐 자신이 낳은 아이를 다른 곳으로 보낼 수 있다. 그들은 아이가 태어나자마자 안다. 하지만 조금 더 자신이 변하기를 두고 보다가 결국에는 입양을 결정한다. 이런 방식으로 양육권이 여러 차례 옮겨지면서 결국 어느 가정에도 정착하지 못하는 아이들이 있다. 아이들은 자신이 버려지는 것을 어쩌지 못한다. 내가 본 아이들이 그런 아이들이었던 것일까? 그런 아이들이 저 수풀 너머에 살고 있는 것일까?

　　아이들과 노인들은 버려진다. 버려진다니. 대체 무엇으로부터? 아이도 아니고 노인도 아닌 사람들은 그렇게 한다. 아이들은 스스로를 버리지 않지만 노인들은 스스로를 버릴 수도 있다. 나는 내가 경험한 나의 삶과 이 세계를 품고 죽을 것이다. 율리는 자신이 경험한 삶과 이 세계를 품고 다른 곳으로 가게 될까? 만약 그럴 가능성이 있다면 나의 기록이 도움이 될까? 율리는 대리모를 통해 세상에 나온 아이다. 의사들은 자신들의 정자와 난자를 무작위로 수정해 율리와 같은 아이들을 만들어서 각각의 필요한 센터에 배분하고 그들을 간병인으로 교육시켰다. 율리는 그 첫 세대다. 주치의는 나의 상상력에 감탄했다. 내 앞에서 그런 자신의 감정을 숨기지 않았다. 주치의는 나의 이야기를 듣는 동안에 차트 위에 그림 같은 것을 그리는 것 같았다. 계속해서 원을 그리거나 그 안을 칠하거나 하면서. 그러다 펜을 내려놓고 내 얼굴을 가만히 살펴보았다. 누가 그런 얘기들을 하던가요? 제가 생각해봤을 뿐이에요. 생각해봤다구요? 나는 고개를 끄덕였다. 시간이 많이 있으니까요. 그의 오른쪽 입꼬리가 높이 올라갔다. 그는 정말로 재밌다는 표정이었다. 그리고는 이렇게 말했다. 한 가지가 틀렸어요. 나는 그게 무엇인지 물었다. 우리는 무작위로 하지 않았어요. 하고 싶은 조합을 만들어냈어요. 그렇다고 실제로 섹스를 하고 싶었던 건 전혀 아니에요. 내 말 이해하죠? 글쎄. 나는 그가 사실을 말하는 것인지 그저 나와 장난을 치는 것인지 분간하기 어려웠다. 하지만 일부러 사실 여부를 깊게 따지거나 하면서 감정적으로 굴지는 않았다. 어쩌면 그가 나와 나눈 대화 때문에 나에게 어떤 조치를 취할 수도 있다는 생각이 들어서였다. 제약이 생기는 것은 싫었다. 그런 일은 바라지 않았다. 나는 내가 만들어온 대로 이곳에서의 생활을 이어나가고 싶었다.

그는 나와 그런 종류의 이야기를 나누는 것이 싫지 않은 것 같았다. 정말 어떤 속셈인지는 내쪽에서 알 수 없었지만 말이다. 나는 그를 통해 바깥의 소식도 많이 알 수 있었다. 율리가 알아도 좋을 것은 공유를 하기도 했다. 하지만 절대로 우리 둘만의 비밀이어야 했다. 율리는 알면 알수록 슬퍼하는 것 같았다. 아니 슬퍼했다. 율리는 슬퍼할 수 있는 마음을 가지고 있었다. 나는 그 슬픔이 바깥으로 넘치지 않게 내가 아는 이야기를 전부 할지 아니면 하지 말지 결정해야 했다.

7월 30일 수요일

엘더의 전면부는 언덕 위에 낮게 솟아 있다. 가까이 다가가 자세히 보면 땅 위로 돌출된 부분은 벽일 뿐이고, 건물의 실질적인 공간은 땅속에 묻혀 보이지 않는다. 이곳은 아주 오래전에 박물관으로 쓰이던 건물이다. 놀랍게도 나는 이곳에 와본 적이 있었다. 그때는 1800년대의 유리 공예 작품들이 전시되어 있었다. 재벌가의 개인 소장품이었고, 이름난 건축가가 의뢰를 받아 지은 건물이었다. 사람들은 관람료를 지불하고 어두운 방에 덩그러니 놓인 아르 누보 시대의 공예품을 관람했다. 나도 그랬다. 차고 눅눅한 냄새가 배어 나오는 지하실에서 나는 에밀 갈레의 화병 하나를 한참 동안이나 보며 서 있었다. 난초의 꽃이 그려진 화병이었는데 유독 내 마음을 사로잡았다. 그때는 그게 갖고 싶었던 것 같다. 그걸 가질 수 있는 사람과 가질 수 없는 사람의 처지에 대해서도 생각했던 것 같다.

엘더의 거주 구역은 전면부를 통해 들어갈 수 있다. 바다로 곧장 내려꽂히는 절벽의 경사면에 돌출되어 있는 거주 동은 따로 출입구가 없는 구조로 지어졌다. 반드시 전면부의 지하로 이어지는 로비를 통과해서만 들어갈 수 있다. 거주 동을 나갈 때도 마찬가지. 전면부에서는 거주 동이 전혀 보이지 않는다. 바다 쪽에서라면 절벽에 붙은 거주 동의 창문들이 보일 것이다. 창문은 열리지 않는다. 의자를 마구 휘두르면 깰 수도 있을까? 나는 건물의 1층 가장 오른쪽 벽면에 위치한 방을 사용하고 있다. 정면으로는 바다가, 측면으로는 평평한 둔덕이 보인다. 운이 좋았다고 해야할지. 나는 깨지지 않는 두 개의 창문을 가지고 있다. 거주 동의 6층은 거꾸로 바다와 가장 가까운 곳에 위치하고 있다. 6층 방의 창문에서는 해수면이 일렁이는 것을 아주 가까이 볼 수 있다.

박물관이던 시절에는 분명 전면부만 있었다. 거주 구역은 나중에 증축되었을 것이다. 엘더를 위해서 지어진 것인지 아니면 다른 용도로 쓰이던 건물이었는지는 알 수 없다. 내가 보았던 전시품들이 어디로 갔는지도 모른다. 주인을 따라 무덤으로 들어간 것은 아닐 테고. 가끔 그게 다시 보고 싶을 때가 있다. 로비는 여러 구역으로 나뉘어 있다. 우리는 이곳에서 자연 다큐멘터리가 끊임없이 방영되는 텔레비전을 보거나 벽을 따라 궁색하게 비치된 책들을 읽는다. 정신이 남아돌 때는 테이블에 앉아서 보드게임을 하기도 한다. 간단한 운동 프로그램이 있고 상점에서 필요한 물건을 살 수도 있다. 보드게임에서나 쓸 법한 종이 조각을 지불하면 물건을 내어준다. 물론 종이 조각은 매달 엘더에서 지급한다. 모든 사람이 제각기 다른 액수를 받는 것으로 알고 있다. 그것으로 치약이나 비누, 실내화 따위를 산다. 빈티지 향수나 장신구도 있고, 괜찮은 디자인의 겨울용 모자가 들어올 때도 있다. 우리는 그것을 산다. 여벌의 규정복을 살 수도 있다. 디자인은 아주 조금씩만 다른데, 말하자면 옛날 파자마와 가장 비슷하게 생겼다고 할 수 있다. 노란색 라이닝이 질리면 파란색 라이닝을 선택할 수 있다. 바지와 치마가 있고 각각의 디테일도 여러 종류로 나뉜다. 심지어 원피스와 점프 슈트도 있다. 다만 그럼에도 불구하고 모아놓고 보면 전부 파자마를 닮았다. 겨울 외투는 좀 더 다양하다. 제각기 취향대로 고른 겨울 외투를 걸치고 다 함께 밖으로 나가면 우리도 꽤 봐줄 만했다. 기본적으로는 쓰리 버튼의 단정한 헤링본 코트가 지급된다. 회색, 밤색, 곤색, 베이지색 중에서 고를 수 있다. 나는 엘더에서 만든 이 기본 코트도 좋아한다. 그리고 외부에서 들어오는 것들이 있다. 마찬가지로 그에 따른 종이 조각을 지불하고 사면 된다. 엘더에서 만드는 것보다 비싸기 때문에 종이 조각을 여러 달 모아야 한다. 나는 그동안 발목까지 내려오는 거위털 점퍼와 커다란 주머니에 도시락을 통째로 넣을 수도 있는 양털 코트를 샀다. 상태가 아주 좋았고 보기에도 훌륭해서 사람들이 저마다 눈여겨보았는데 값이 꽤 나갔다. 다들 종이 조각이 조금씩 모자라는 모양이었다. 나는 그때마다 별 무리 없이 그것들을 내 것으로 만들었다. 나는 나의 겨울 외투를 좋아한다. 그것을 입고 산책을 나가는 것을 좋아한다고 해야할 것이다. 식당에서 받은 따뜻한 도시락을 주머니에 넣고 바닷가에 나가 식사를 한 적도 있다. 그런 뒤 감기에 걸려서 호되게 고생을 하긴 했지만 말이다. 찬 바람이 부는 겨울의 피크닉을 즐기고 싶다가도 엄두를 못 내는 이유다. 쇠락한 육체와 건강한 육체 중에서라면 단연코 건강한 육체가 좋지만 나는 젊기만 한 정신은 결코 좋아하지 않는다. 정확하게는 싫어한다고 해야 맞을 것이다. 그들과 어떤 문제로 깊이 논쟁을 하다 보면 내가 젊은 시절에 했던 말들이나 행동들이 고스란히 내게 돌아오는 것만 같아서 괴롭다. 내가 했던 짓들로부터 고스란히 복수를 당하는 것만 같다.

그 옛날 전면부의 벽 안쪽에는 독특한 냄새를 풍기는 정원이 가꿔져 있었는데 담장을 따라 고여서는 흩어지지도 못하는 것 같았다. 짙은 색의 화산석들과 생기 없는 초록의 풀들과 드문드문 놓여 있는 흰 물체가 눈길을 끌었다. 냄새의 정체는 나프탈렌이었다. 아마도 벌레가 끼지 말라고 곳곳에 던져둔 것 같았다. 그게 정말 효과가 있는지 정원에는 그저 풀들만이 땅 위로 비죽 솟아 있었다. 화산석들 사이에 선명하게 박혀 있는 나프탈렌 덩어리들은 보기에도 흉했다. 제 아무리 돈이 많아도 벌레는 어쩔 수가 없나 보다 하고서 우리는 실없는 농담을 하며 걸었다. 그 모든 기억들이 한꺼번에 떠올라서 처음 엘더에 도착했을 때 얼마나 놀랐었는지. 이제 이곳은 옅은 풀이나 넓적한 돌들로 뒤덮여 있고 해 질 녘이면 수풀에서 날아온 벌레들로 자욱해진다. 그때나 지금이나 변함이 없는 것은 가까운 곳에 바다가 있다는 것. 여름에는 날아다니는 벌레들의 기세가 더욱 사나워 정원을 돌아다니기가 어려울 정도다. 이곳은 다른 어느 곳보다 흙이 많고 모래 역시 풍부하다. 거주 동의 안뜰에서 이어지는 해변에서는 섬의 끝자락을 조망할 수 있다. 거기에 서면 죽도록 아름다운 바다가 펼쳐진다. 엘더의 거주자들 외에는 출입할 수가 없기 때문에 내가 매일 산책하는 바닷가에서 외부인을 마주칠 일은 없다. 간혹 아이들이 여기까지 흘러들어 오지만 나 같은 노인을 보면 자기들이 왔던 곳으로 재빨리 돌아간다. 아이들을 따라가면 이곳을 벗어날 수 있게 될까? 하지만 그다음에는?

그토록 이곳에 오기를 거부했으면서 지금은 이토록 자발적으로 머물고 있다니. 맨 처음 한 소년과 마주쳤을 때 나는 내가 본 게 무엇인지 알아차리는 데 시간이 걸렸다. 나는 내가 본 것이 사람이라는 것을 알게 되었고 그때는 이미 소년이 뒤돌아 달려가고 있었다. 나는 홀린 듯이 발자국을 따라 수풀이 우거지는 둔덕으로 걸어갔다. 물병에 바닷물과 모래를 담아 온 율리가 내게 무슨 일이냐고 물었다. 소년은 피부가 검고 눈이 붉게 충혈되어 있었다. 그 뒤로 나는 여러 아이들을 마주쳤는데 그중 여자 아이를 본 적은 없었다. 이유는 나도 몰랐다. 내가 손바닥을 땅과 수평이 되게 하고 가슴팍에 대면서 키가 이만한 소년을 보았다고 하자 율리가 내 어깨 너머를 넘겨다보았다. 망설임이 없는 정확하고 민첩한 눈초리였다. 그래요? 율리는 어쨌든 당황한 것 같았다. 어디로 갔는데요? 나는 뒤를 돌아보며 우거진 수풀의 입구를 손가락으로 가리켰다. 율리가 바라본 그곳이었다. 근처에 아이가 올 만한 곳이 있어? 율리는 한동안 내 눈을 응시하며 꼼짝 않고 서 있기만 했다. 무엇인가 율리를 초조하게 만드는 것 같았다. 율리는 망설였는데 분명 울음을 참고 있었다. 나는 가만히 기다렸다. 근처에 아이들을 위한 센터가 있어요. 이런저런 이유로 버림받은 아이들 있잖아요. 율리는 자신이 하는 말이 몹시 불쾌한 것 같았다. 나는 의사들이 왜 우리를 만들었는지 모르겠어요. 새로 만들어내지 않으면 아무도 당신들을 돌보려고 하지 않아서일까요? 당신들이 그렇게 중요해요?

율리와 나는 오랜 시간 너무 많은 이야기를 나눴고, 서로가 몰랐던 사실들을 알게 되었고, 서로가 아는 사실들을 조합할 수 있었고, 그래서 만들어진 세계에 우리는 상처를 받았다.

7월 27일 일요일

삶은 이상한 것이다. 내가 원할 때 곧장 멈출 수 없다. 계속하고 싶을 때 계속할 수 없는 것처럼. 그런 걸 공평함이라고 할 수 있을까? 살아 있는 동안에는 여러 번 삶을 멈추고 싶었다. 이젠 정말 그만하고 싶다는 충분한 감정이 아니라 지쳐서, 힘이 없어서, 원하는 삶이 너무 멀리 있어서, 그저, 단지, 멈춰버렸으면, 하고 바라는 것이다. 그럴 때 정말로 자기 자신을 죽일 수 있다면 어떨까. 삶에 대해 이런 마음이 스칠 때 나는 슬픔을 느낀다. 내가 원해서 이 세상에 온 것이 아니기 때문에 내가 원해서 이 세상을 떠날 수가 없는 거라면, 나는 그 공평함을 받아들이고, 받아들이고, 또 받아들이면서 세상을 미워했다. 애초에 나에게 주어진 자유라는 것도 살아가는 일에 대해서만 누릴 수 있는 제한적인 자유라는 사실을 받아들이면서, 받아들이는 만큼 또 세상을 미워했다. 삶은 어쨌든 인간으로 태어난 이상 인간이 바랄 수 있는 것만을 바랄 때 지속 가능한 것이다. 내가 인간으로 살아 있는 것을 잠시 멈추고 인간이 아닌 것으로 있기를 바랄 때 내가 선택할 수 있는 것은 작가가 되는 것이었다. 작가는 인간으로 살아 있기를 멈추고, 인간이 아닌 다른 것이 될 수 있다. 구름이라면 어떨까. 구름인 것을 멈추고 다른 형태의 것이 되기를 동경할까? 그래서 비가 되는 구름이 있는 걸까?

말하자면 나는 의도적으로 특정한 감각을 강화시키며 살아왔다고 할 수 있다.[5] 어떻게든 살아 있어야 한다는 쪽으로 말이다. 살아 있고 싶도록 깨끗하게 옷을 입고, 살아 있고 싶도록 정갈하게 책상을 정리하고, 살아 있고 싶도록 집 안에 쓰레기가 쌓이지 않도록 했다. 살아 있고 싶도록 아름다운 것을 보고 싶었고, 살아 있고 싶도록 나를 먼 곳으로 데리고 가고 싶었다. 그리하여 살아 있고 싶도록 맛있는 음식이 주는 기쁨을 즐기고 싶었다. 살아 있고 싶도록 나는 내가 벌어들이는 돈을 썼다. 내가 가진 적은 것들이 나를 비참하게 할까 봐 대범한 마음과 대범한 태도를 가지려고 했다. 삶을 살아가고 싶은 마음이 들도록, 무엇보다 몸이 그 마음을 감당할 수 있도록, 나는 나를 훈련시켰다.

이제 와 돌이켜보면 내가 나를 죽이려들까 봐 두려워하면서 평생의 시간을 살아온 것만 같다. 죽음에 대해 명확하게 생각하지 않는 순간에도 죽음에 대한 희미한 감정이 나를 계속해서 위축시켰던 게 분명하다. 결과적으로 나는 나를 죽일 수 없는 부류였다. 스스로를 죽일 수 있는 부류였다면 나는 벌써 그렇게 했을 것이다. 그리하여 나는 이미 세상에 없을 것이다. 아주 없어져버렸거나 내가 모르는 다른 것이 되었을 것이다. 그리하여 이토록 오랫동안 내가 살아온 날들이 애초에 없는 것이라고 생각하면 한낱 꿈을 꾸고 일어난 것처럼 묘한 기분에 사로잡힌다.

그러고 보면 기억과 꿈을 혼돈하기 시작한 지는 꽤 오래되었다. 그가 살아 있을 때만 해도 우리에게 일어난 일을 꿈처럼 여기는 일은 오롯이 기쁨에서 비롯된 것이었다. 우리는 우리에게 일어난 일들을 꿈처럼 돌아보는 것을 좋아했다. 세상과 나를 분리해 생각하거나 세상으로부터 나를 격리시킨다 하더라도 곁에 그가 있으니 괜찮았다. 혼자서 어떤 환상과 꿈을 헤매든 나는 그가 있는 곳으로 돌아오기만 하면 되었다.

7월 25일 금요일

　가끔씩 베개 아래 그의 속옷을 넣어두었던 일이 떠오른다. 그럴 때면 나는 한없이 측은한 마음에 잠긴다. 어떤 감정은 나를 찾아와서 다짜고짜 내 앞에 머무른다. 내 주위를 하나둘 장악하며 정확히 내 앞에 당도한다. 귀신처럼 따라다니면서 내 앞을 막아서기도 하고 옆에 바짝 붙어서 나를 그저 쳐다보기만 할 때도 있다. 그리고 그것은 내 눈에는 보이지만 다른 이의 눈에는 보이지 않는다. 측은한 마음은 한번씩 그렇게 찾아왔다. 한밤중에 잠에서 깨어났을 때, 두 손으로 머리를 괴고 누워 아무것이나 바라보고 있을 때…

　그날도 나는 이동식 침대에 누운 채 창문 밖의 수평선을 바라보고 있었다. 그들이 시트째 나를 들어 침대로 옮기려고 했을 때 딴생각에 잠겨 있던 나는 하마터면 바닥으로 떨어질 뻔했다. 나는 항의의 의미로 내 몸에서 가장 가까운 간병인의 명찰을 뜯어 손에 쥐었다. 그는 내 손아귀의 힘에 깜짝 놀란 것 같았다.

하지만 금방 평정을 되찾고서 말했다. 그게 도움이 됐으면 좋겠네요. 나는 겁이 나서 시트를 부여잡았다. 만약 떨어지기라도 하면 간단히 뼈가 부러질 것이고 다시 병동으로 가게 될지도 몰랐다. 그들은 나를 거의 굴리다시피 해서 침대로 옮긴 뒤에 그대로 이동식 침대를 끌고 방을 나가버렸다. 나는 이불을 끌어다 덮을 힘도 없어서 그대로 엎어져 있었다. 한참 만에 누군가 와서 나를 바로 눕히고는 입속으로 묽은 액체를 흘려 넣었다. 나는 곧장 잠이 들었다. 그때까지도 율리는 보지 못했다. 병동을 나오기 이틀 전인가부터 율리는 보이지 않았었다. 율리가 나를 두고 이미 이곳을 떠났을지도 모른다는 생각이 들었다. 율리가 없어도 이곳에서의 시간들을 잘 보낼 수 있을까? 나는 자신이 없었다. 이튿날은 처음 보는 간병인이 와서 이것저것 질문을 해댔다. 기분은 어떤지 몸을 움직일 수는 있는지 하는 기본적인 것들. 나는 대답하지 않았다. 다음 날 아침 율리가 나의 잠을 깨웠을 때 나는 안도했다. 그리고 율리인 것을 알아차리자마자 돌아누워 다시 눈을 감았다. 이렇게 하면 율리는 나를 내버려두었다. 잠시 후 등 뒤에서 문이 닫히는 소리가 들렸다. 머리맡에는 율리가 두고 간 노트와 만년필이 놓여 있었다.

　그마저 벌써 아득한 옛날처럼 여겨진다. 어떤 시간은 너무 멀고 어떤 시간은 너무 가깝다. 어떤 시간은 절대로 끝나지 않는다. 그는 내 곁에서 매일 죽는다. 그는 죽고 나는 매일 집을 떠난다. 혼자서 글을 쓰는 시간은 다시 내 생활의 일부가 되었다. 나는 여전히 해 질 녘의 방을 좋아한다. 붉은 빛으로 물들었다가 이내 어두워지는 시간을. 그러다 보면 어느 순간 캄캄한 방에 앉아 있는 자신을 알아차리는 순간이 온다. 글을 쓰다가 조용히 어두워질 때 나는 혼자서도 잘 있을 수 있다. 이제 손에 펜을 쥐고 있으면 내 손가락에 끼워져 있던 낡은 은반지가 생각난다. 마치 그것이 여전히 내 손가락에 끼워져 있는 것처럼 엄지손가락으로 그 자리를 만져보게 된다. 우리가 하나씩 나눠 가졌던 은반지와 내가 선물했던 그의 손목시계는 유품으로 간직하려고 했던 물건들이었다. 하지만 나는 그대로 두고 왔다. 그의 몸에서 무엇인가를 취하고 싶은 생각이 전혀 들지 않았다. 그저 그가 살아 있던 순간 그대로 두고 싶었다. 마지막으로 집을 떠날 때 나는 그의 신분증과 내 손가락에 끼워져 있던 반지를 문틀 아래 흙에 묻었다. 그의 지갑에는 지폐 몇 장과 함께 접힌 자국이 닳고 닳은 메모가 포개져 있었다. 그것은 아주 먼 옛날 우리가 쿠바를 여행할 때 내가 남긴 메모였다. 우리는 그때 각자의 방에서 하룻밤을 보낸 뒤 이른 아침에 만나 다른 도시로 이동하곤 했었다. 메모는 너무 일찍 깨어버린 어느 새벽에 그가 볼 수 있도록 운전석 쪽 와이퍼에 끼워둔 것이었다. 나는 숙소에서 멀지 않은 바다로 가서 동이 틀 때를 기다리고 있었다. 무심코 뒤를 돌아봤을 때 그는 들고 있던 카메라의 셔터를 눌렀다.

바닷가에   있을게요

7월 23일 수요일

　나는 한때 **표류**했지만 표류하는 사람들의 삶을 알지 못한다. 표류하는 사람들은 자신을 철저히 은닉하기 때문에 표류하는 사람들이 서로를 알 도리가 없다. 어딘가에 표류하는 집단이 있다 하더라도 우리는 그것을 염두에 두지 않았다. 내가 표류하기로 결정했고, 그래서 어딘가에서 은밀하게 살아가고 있으리란 기대로 누군가는 힘을 얻기도 했을까? 그렇다면 지금 나의 삶은 그들에겐 매우 실망스러운 일일까? 엘더는 나로부터 표류하는 집단에 대한 정보를 얻으려고 했지만 결국에는 나에게 얻을 수 있는 정보가 없다는 것을 납득하고 나를 내버려두었다. 대신 우리가 생존했던 방식을 듣고는 약간의 호기심을 보였다. 그렇게 사는 게 괜찮았어요? 주치의는 다정하게 물었다. 불행하고 행복했습니다. 그는 나의 진심에 고개를 끄덕였다. 하지만 몹시 어려웠을 것 같네요. 나라면 못했을 거예요. 그 역시 진심이었다. 누구나 그렇게 할 수는 없다. 다만 우리가 할 수 있었을 뿐이다.

삶은 다만 자신이 할 수 있는 것을 할 때 순조롭게 흘러간다. 우리는 알고 있다. 우리가 할 수 없는 것이 우리를 고통스럽게 한다는 지극히 당연한 사실을. 불행은 나를 찾아오지만 행복은 내가 찾아가는 것이다. 삶은 그것을 거스른 적이 없었다. 불행은 정확히 나를 찾아서 온다. 하지만 불행이 나를 찾기 전에 나는 다른 사람이 될 수도 있다. 불행이 나를 알아볼 수 없도록. 행복도 그렇다. 행복도 매번 다른 형태로 다른 곳에 있다. 내가 누린 행복을 다시 한 번 누릴 수는 없다. **살아오는 동안에 나는 사람들이 자기 스스로의 신이 되어야 하고 스스로 행운을 만들어내야 한다는 것을 알게 되었다. 나쁜 일은 어쨌든 생기거나 안 생기거나 하는 것이었다.**[6] 누구도 그걸 막을 수는 없다. 다만 우리는 신이 될 수 있을 뿐이다.

내가 다시 한 번 나를 위해 스스로의 신이 되기로 결정했을 때 나는 숨이 멈춘 그의 곁에서 잠이 들었다. 어떻게 그럴 수 있었는지는 모르겠다. 어쩌면 기절을 한 것인지도 모른다. 마지막으로 나는 그의 입이 조금 벌어지는 것을 보았다. 그 텅빈 구멍에 나는 입을 맞추었고 얼마 동안인지 모를 시간을 울었다. 사위는 어두워졌다가 다시 밝아졌다. 그는 잠이 들 때면 목젖에 부딪히며 새어 나오는 조그만 숨소리를 내곤 했었다. 하지만 그의 벌어진 입에서는 아무런 소리도 나지 않았다. 나는 푹 꺼진 그의 배를 넓고 부드럽게 쓰다듬었다. 그는 느끼지 못하는 것 같았다. 그가 느낄 수 없다는 것을 받아들이기가 힘이 들었다.

　매일 밤 우리가 함께 잠들고 일어나던 이부자리에 그를 누인 채로 나는 집을 나왔다. 동요하는 마음과 달리 나의 몸은 너무 느리고 둔했다. 우리가 함께 들어갔던 숲길을 나는 혼자서 나왔다. 마지막으로 나의 시야에서 집이 자취를 감출 때 나는 내 안에서 무너져내리는 세계를 받아들였다. 우리의 삶이 정말로 끝난 것이다.

　표류를 시작하기 전에 우리는 마지막으로 호텔에 머물렀다. 그게 우리가 생각할 수 있는 가장 자연스러운 방법이었다. 우리는 거기서 여행자처럼 며칠을 보냈다. 아침이면 식당에 내려가 잘 차려진 조식을 먹었고, 낮에는 텅 빈 수영장에서 느릿느릿 수영을 했다. 밤에는 둘 다 일찍 잠이 들었고, 혼자 깨어난 새벽에는 발코니에 나가 담배를 피웠다. 젖은 수영복에서 천천히 떨어지는 물방울의 숫자를 세면서, 그 순간만큼은 영원히 내가 거기에 있었던 것처럼, 시작과 끝은 사라지고, 발코니의 나만 오롯이 남겨진다. 생각하면 나는 언제고 발코니에 서 있다. 수영복은 아직 젖은 채고, 나는 무슨 생각엔가 골똘히 잠겨 있다. 달리 내가 나를 기억할 방법이 또 있을까?

　5년 뒤 나는 혼자서 다시 호텔로 갔다. 나의 마지막 여행은 순조로웠다고 할 수 있다. 그것을 여행이라고 부를 수 있다면 말이다. 문제가 있었다면 호텔에서 보낸 택시가 너무 더워서 창문을 열고 달려야 했던 것이다. 냉방 장치에 문제가 있었는데 그로 인해 운전사는 극심한 스트레스를 받고 있었다. 내가 절대로 문제 삼지 않겠다고 하자 서너 번 재차 확인했다. 그들은 여전히 고객을 믿지 못했다. 그럴 수밖에. 돈을 지불하는 사람들의 기분을 신뢰할 수는 없는 일이다. 뒷좌석까지 전해지는 그의 불안에 신경이 쓰이긴 했지만 나는 달리는 차 안에 앉아 있는 것만으로도 더 바랄 게 없었다. 나는 참았던 눈물을 쏟았고, 운전수는 자신이 무얼 잘못했는지 물었다. 그는 자신이 나의 인생에 그 어떤 영향도 미칠 수 없음을 알지 못했다. 그는 아무것도 아니었다. 나와는 아무런 상관이 없는 것들 사이에서 나는 차창으로 흘러들어오는 바람을 맞으며 앉아 있었다. 멀리 천천히 물러나는 산이 보였다. 그는 휴게소에 차를 세운 뒤 주차장 입구에 서서 휴대전화로 긴 통화를 했다. 호텔에 연락을 취하는 것 같았다. 그는 뒷좌석에 앉아 있는 나를 몇 차례 흘긋거렸다. 나에 대해 이야기를 하고 있는지도 몰랐다. 나는 불안했지만 최대한 차분히 있으려고 했다. 한참 만에 운전석으로 돌아온 그는 시동을 걸고 천천히 핸들을 돌리기 시작했다. 문득 택시를 탈 때 호텔에서 보낸 것인지를 확인하지 않았다는 생각이 들어서 불안했다. 하지만 나 같은 노인은 그들에게도 쓸모가 없을 것이었다. 하지만 돈을 빼앗긴다면. 그럴 수도 있었다. 돈을 빼앗긴 뒤 길에 버려질 수 있었다. 내가 표류자라는 것을 알아차리는 순간

나쁜 일은 얼마든지 벌어질 수 있었다. 나는 백미러에 비친 내 얼굴을 봤다. 눈이 붉게 충혈돼 있었다. 호텔에 도착할 때까지 그는 한마디도 하지 않았다.

휴게소에는 외관이 같은 여러 대의 셔틀버스가 정차해 있었다. 차에서 내린 승객들은 모두 규정복을 입고 있었다. 안내자가 무리를 향해 무슨 말인가를 하고 있었다. 승객들은 저마다 손에 든 팸플릿을 뒤적이며 사방을 두리번거렸다. 잠시 후 그들은 흩어졌고, 몇몇 사람들이 서로의 사진을 번갈아 찍어주었다. 몇 채의 키오스크에서 희미한 고기 냄새가 풍겨왔다. 나는 차에서 내려 그것이 무엇이든 간에 돈을 지불하고 맛을 보고 싶었다. 그런 음식을 먹어본 지도 오래되었고 무엇보다 배가 고팠다. 하지만 운전사가 나를 두고 가버릴까 봐 겁이 났다. 그러면 나는 곧장 검문을 당할 것이었다. 핫도그를 손에 든 채 그런 일을 겪고 싶지는 않았다.

차창 밖으로 보이는 세상은 그 어느 때보다 평온해 보였다. 눈에 띄게 달라진 것이 있다면 누구 하나 제멋대로 굴지 않고 그래서 전혀 소란스럽지 않다는 것이었다. 나는 평생을 시끄러움과 싸우며 살아온 것 같은데, 수년 만에 다시 나온 세상은 너무나도 조용했다. 사람들은 자신에게서 비롯되는 소리가 자신을 드러나게 만든다는 것을 이해하고 있었다. 누구도 큰 소리로 사람을 부르지 않았다. 이런 장소라면 으레 견뎌야 했던 커다란 음악 소리도 더 이상 들리지 않았다. 사람들의 발소리와 한데 뭉쳐진 작은 목소리가 넓은 광장을 평화롭게 거닐고 있었다. 기름 냄새를 풍기던 음식들과 언제나 넘치고 있던 쓰레기통들과 우스꽝스러운 음악들을 떠올렸다. 그 시절 사람들은 아무 데나 쓰레기를 버리고, 침을 뱉고, 거리낌 없이 이를 쑤시며 서 있었다. 그건 그렇고 우는 아이들은 모두 어디로 갔을까? 어째서 아무도 울지 않는 걸까? 우는 아이와 애써 달래던 엄마와 경멸하던 눈초리는 이제 이 세상 어디에도 없는 걸까?

7월 21일 월요일

 내가 처음 엘더에 나타났을 때를 율리는 기억하고 있다고 했다. 기억에 남은 것은 나의 모습이 보기에 좋았기 때문이었다고. 할 수만 있다면 내가 입고 있었던 낡은 청바지를 돌려주고 싶을 정도라고 했다. 나는 내 청바지를 아직 보관하고 있다는 사실에 놀랐다. 엘더의 간병인들은 우리 같은 노인을 돌보는 일에 특별히 사명감을 가지고 있거나 보람을 느끼지 않는다. 그들은 해야 할 일을 하고 있을 뿐이다. 굳이 감정을 갖고 있다면 우리 같은 노인이 되고 싶지 않은 정도라고 했다. 나는 율리의 솔직함에 놀랐다. 내가 놀라움을 느낀 걸 율리도 알았을까? 그들은 우리를 비참하게 여기지만 동정하지 않고, 적어도 앞으로는 다시 일어나지 않을 일이기에 이 세상에 남아 있는 우리를 잘 처리해야 한다고 생각한다. 우리 중 한 사람이 죽으면 엘더 바깥의 뉴스에는 짧게나마 보도가 되는 모양이었다. 이제 남은 사람은 오백 명이 채 되지 않습니다 따위의 간단한 사실 보도가 곁

들여진다고 했다. 70년대와 80년대에 태어난 사람들은 이제 얼마 남아 있지 않다. 공식적으로는 말이다.

나는 엘더에 올 때 작은 트렁크를 가지고 있었다. 트렁크 안에는 내가 엘더에 오는 동안에 필요했던 옷가지와 세면도구, 오래도록 읽어서 닳고 닳은 몇 권의 책, 그의 사진과 편지가 들어 있었다. 그리고 나에게는 돈이 있었다. 돈이 나를 엘더까지 무사히 데려다주었다고 해야 할 것이다. 돈을 지불할 수 없다면 불가능한 일이었다. 나는 엘더에 오지 못하고 길에서 죽었을 것이다. 호텔에 도착해서는 곧바로 엘더에 신고를 하고 수속 날짜를 정했다. 결과적으로 나는 호텔에서 열흘을 머물렀다. 다행히 오래 기다리지 않을 수 있었다. 무기한 대기해야 했다면 나는 숙박료를 지불하지 못해 수용 시설로 보내졌을 것이다. 그것만은 피하고 싶었다. 처음 엘더에 들어왔을 때만 해도 혹여 내가 아는 사람이 있을지도 모른다는 생각을 했었다. 하지만 아는 사람은 만날 수 없었다.

나는 그와 함께 5년을 표류했다. 우리가 5년을 어디에도 속하지 않고 오직 두 사람으로 살아남을 수 있었던 것은 지금 와 생각해보면 기적처럼 느껴진다. 표류를 시작하기 전에 우리는 엘더에 등록할 것인지를 결정해야 했었다. 엘더는 당연히 우리의 존재를 알고 있었고, 우리가 계속해서 등록하지 않자 거주지로 우편물이 배달되어 왔다. 우리는 그래서 아주 오랜만에 종이로 된 우편물을 받아볼 수 있었다. 그날 밤 우리는 얘기했다. 이제 정말 떠나야 할 때가 왔다고. 다른 곳으로 가야 한다고. 우리는 우리의 물건들을 남겨둔 채로 우리가 살던 곳에서 사라졌다. 내가 엘더에 연락을 취했을 때 엘더는 그간의 나의 행적을 밝힐 수 있어야 할 거라고 말했다. 어조는 부드러웠으나 경고하고 있음을 분명히 느낄 수 있었다. 나는 고분히 그러겠다고 했다.

호텔에서의 열흘은 좋은 시간이었다. 호텔에 머무는 여행자들과는 처지부터 달랐지만 분명히 나는 좋은 시간을 보냈다고 할 수 있다. 표류자의 신분으로는 호텔에 수속조차 할 수 없었기 때문에 곧장 엘더에 연락을 취할 수밖에 없었다. 그로부터 나는 호텔 밖으로는 나갈 수가 없게 되었다. 매일 아침 호텔 약국 직원이 와서 나의 상태를 확인했다. 두통이 있는지, 복통이 있는지 따위를 물었다. 필요하다면 약을 주겠다는 것이었다. 나는 두통도 없었고, 복통도 없었다. 달리 처방전을 필요로 하는 약을 복용하고 있지도 않았기 때문에 약사가 나에게 해줄 것은 아무것도 없었다. 그런 약이 필요한 처지였다면 나는 표류를 하는 동안에 이미 버티지 못했을 것이다. 의사가 필요한지도 물었는데 만약 나의 신변에 이상이 생길 경우 자신이 책임져야 하는 것에 대해 토로했다. 그런 일은 없을 거라고 나는 약사를 안심시켜야 했다. 내가 어느 정도 말이 통하는 늙은이라는 것을 알고 난 후에야 약사는 다시 사무적인 태도로 돌아왔다. 그는 자신의 근무지를 이탈해 나와 함께 한 공간에 있는 것이 몹시 불쾌한 것 같았다.

호텔에 머무는 동안에는 하루 종일 침대에 누워 책을 읽었다. 나의 트렁크에는 노다 마사아키와 마야모토 테루, 존 맥그리거와 오르한 파묵의 책이 들어 있었다. 책이라면 몇 권이라도 더 가져오고 싶었지만 오르한 파묵의 산문집만 해도 두꺼워서 그럴 수 없었다. 열흘 동안에 나는 마치 처음 읽는 책인 것처럼 네 권의 책을 천천히 읽었다. 다시 읽을 수 없을 것이었다. 흩어진 채로 살아 있다가 이제는 어디에도 존재하지 않는 그들이 기이하게 느껴졌다. 여전히 살아 있는 사람은 나뿐이었다. 내가 살아 있다는 것도 기이하기만 한 열흘이 느리게 흘러갔다. 책에 쓰여 있는 세계가 마치 어제의 일처럼 생생했다. 지저분한 길거리를 걷다가 비좁은 가게로 들어가 기가 막히게 맛이 있는 샌드위치를 사 먹는 것처럼 아주 사소한 일들이 말이다. 그때는 더 이상 그를 부를 수 없다는 생각이 들어서 울기도 했다. 오랫동안 그를 부르며 살아왔는데. 나는 혼자였다. 그와 함께 일상적으로 주고받던 말들도 사라졌다. 잘 잤어? 배고파? 왜 한숨을 쉬었어? 그렇게 좋아? 너무 춥다. 배고파. 잠을 잘 못 잤어. 속상해. 나를 두고 잠들지 마. 말할 수 없다는 게 처음에는 슬프다가 갑자기 화가 치밀기도 했다. 나는 감정을 주체할 수 없어서 좁은 방 안을 서성였다. 느리고 둔한 몸뚱이에 이토록 날뛰는 감정이 담겨 있을 줄은 몰랐었는데. 나는 잠자코 늙고 지친 몸에 담겨서 그를 떠나보낸 슬픔을 고요히 품을 줄로만 알았었다. 하루는 밥을 삼키다가 혼자 살아 있다는 것에 헛구역질이 나서 게워내기도 했다. 잠들고 싶지 않고 영영 깨어나고 싶지 않았다. 책을 읽다가 별것 아닌 문장에 오열했다. 감상에 빠지면 빠지는 대로 나를 내버려두었다. 달리 할 수 있는 게 없었다. 열흘 동안은 아무래도 괜찮다고 스스로를 다독였다. 양치를 할 때도 속옷을 갈아 입을 때도 환영처럼 그가 보였다. 나는 트렁크에 챙겨 온 그의 속옷 한 벌을 꺼내 베개 밑에 넣고 잤다.

호텔 카운터에서 방 배정을 기다리고 있을 때였다. 호텔 직원들은 나에게 정중한 태도를 보였지만 당황한 기색이 역력했다. 그들로서는 표류자를 본 것이 처음인 것 같았다. 그들이 익히 들어온 것처럼 내가 더럽거나 난폭하지 않아서였는지도 모른다. 그들은 분명 표류자를 자신들과는 전혀 다른 사람으로 생각했을 것이다. 하지만 내가 나의 처지를 밝히고 그에 따른 절차를 밟기를 요청하기 전까지 그들은 내가 표류자라는 것을 전혀 알지 못했다. 프런트는 일순 어수선해졌고 나로 인한 혼란이라는 것을 모두가 알기에 충분한 동요가 일었다. 로비를 오가는 사람들이 나를 기이한 눈초리로 바라보았다. 그들은 나를 보며 서로 무슨 말인가를 나지막히 주고받았다. 교양 있는 태도가 몸에 잘 배어 있는 부류의 사람들이었다. 거기서 나는 다시 한 번 내가 이 세상에 혼자라는 사실을 느낄 수 있었다. 그와 함께 하는 동안에는 느껴본 적이 없는 그러나 내게는 너무나도 익숙한 공포였다. 그는 내가 이 세상에 혼자인 사람으로 있지 않을 수 있도록 내 곁에 있었다. 표류하는 동안에 우리는 좀 더 나은 생활을 할 수 있었지만 그는 이 순간을 위해 그렇게 하지 않았다. 그와 함께 누려야 했던 것들을 나는 단 열흘 동안 혼자서 써버렸다. 크고 안락한 침대에 누워서. 낡고 더러워진 아름다운 책을 읽으면서 말이다.

7월 20일 일요일

저녁에는 무심코 응접실에 앉아 있다가 **도로에 살면서** 자신의 삶을 좋아할 수 있게 되었다고 떠드는 광고를 보고 말았다. 그러니 죽지 말고 도로에 오라고. 여전히 그런 역겨운 방식으로 기만을 펼치고 있다니. 나는 화가 났다. 하지만 이제 내가 할 수 있는 것은 분노 말고는 없다. 나는 죽음에 대해서 더 많이 글을 썼어야 했다. 책임질 수 있는 것과 당장은 책임질 수 없는 것, 하지만 생각해보고 싶은 것에 대해서 두려워하지 말고 더 많이 썼어야 했다. 그러자 나 자신에게도 화가 났다. 율리는 산책을 다녀오면 나아질 거라고 했지만 나는 조용히 방에 틀어박혔다.

도로는 자신을 확실하게 죽일 수 있는 사람들이 모여 있는 곳이다. 자신을 분명히 죽일 수 있지만 실패한 사람들이 자신에게 계속해서 남아 있는 삶을 살아가는 곳. 도로는 동쪽. 태양이 떠오르는 곳을 뜻한다. 국가라는 저 유한한 통치 시스템은 여전히 개인이 죽음을 선택할 권리를 받아들이지 않고 있다. 나는 엘더에 머물고 있지만 도로로 분류될 수도 있었다고 생각한다.

자신의 죽음을 결정할 수 있는 건 자신뿐이다. 나는 인간이 자신의 죽음을 스스로 결정할 수 있다고 생각한다. 도로는 입소자들이 죽지 않고 살아갈 마음이 들도록 그들을 재구성한다. 우리는 반드시 살아야 하는가? 인간은 태어난 이상 반드시 살아야만 하는가? 스스로 존엄을 지키며 살아갈 수 없다면 스스로 존엄을 지키며 죽어서는 안 되는가? 국가가 개인을 정말로 도울 수 있다면 왜 죽음만은 돕지 않는 건가? 다시 한 번 말하지만 나는 인간이 자신의 죽음을 자신에게 올바른 방식으로 결정할 수 있다고 생각한다. 그렇게 할 수만 있다면 말이다. 언젠가는 죽음을 결정한 사람이 편안하고 안전한 환경에서 자신의 존엄을 지키며 생을 마칠 수 있을지도 모르겠다. 나는 그것이 나의 미래가 되기를 꿈꿨었다.

적어도 엘더는 내가 어젯밤에 죽고 싶다는 생각을 하면서 잠이 들었는지를 캐묻지는 않는다. 나는 죽을 때까지 엘더에 있을 것이다. 그저 죽음이 나를 찾아올 때까지 말이다. 그때까지는 엘더에서 제공하는 방에서 엘더에서 제공하는 밥을 먹고 엘더에서 허용하는 산책을 하고 엘더에서 가능한 각종 여가 프로그램에 참여하면서 살아갈 수 있다. 건강이 허락하는 한 옷을 만드는 일도 계속할 수 있을 것이다. 나는 엘더의 의상실에서 일하고 있다. 거기서 하루에 두세 시간씩 재봉틀을 돌린다. 간혹

제안을 하기도 한다. 이곳에 트임이 있으면 좋겠다든지 소매를 더 짧게 만들고 싶다든지 하는 생각들을 자유롭게 말한다. 절대로 할 수 없는 것도 있다. 글을 쓰는 것은 안 된다. 내가 원하는 책을 읽는 것도 안 된다. 엘더가 제공하는 각종 신문과 사보, 몇 종류의 철 지난 잡지를 볼 수는 있다. 응접실에는 꽤 보존 상태가 좋은 내셔널지오그래픽지가 비치되어 있다. 그게 노인들에게 위험하지 않고 도움이 된다고 생각한 걸까? 내가 가져온 책들은 입소하면서 압수당했다. 청바지가 보관되어 있다면 책도 버려지지 않았을지도 모르겠다. 다시 한 번 내가 사랑하는 이야기들을 읽을 수 있다면. 책장을 넘기다 깊은 잠에 빠질 수 있다면. 오직 할 수 있는 것만을 하면서 시간을 보내다 그 모든 것을 그만두고 싶은 때가 와도 죽음이 나를 찾아오지 않는다면 나는 이것들을 어떻게든 계속해서 해나가야 한다. 내가 충분히 나의 삶을 누렸고 이제는 만족스러운 마음으로 멈추고 싶다 할지라도 나에게 죽음을 선택할 자유는 없다. 엘더는 그것을 허용하지 않는다. 결국 이곳에서의 시간은 죽음을 기다리고 있는 것이나 다름없다. '매일 새롭게 시작되는 하루' 같은 것은 리플렛에나 적혀 있을 뿐. 그나저나 리플렛을 어디에 두었는지 모르겠다. 아직 내가 참여해보지 못한 여가 프로그램이 남아 있다면 좋으련만.

　　노트와 펜을 들키지 않는다면 몇 가지 긴 호흡으로 써보고 싶은 주제들이 있다. 쓰고 싶은 것들이 생겨나는 놀라움은 그 자체로 나에게 기쁨을 준다. 기한도 없고 약속도 없다. 다만 쓸 수 있는 시간이 생기면 잠자코 쓰면 된다. 아무에게도 들키지 않고 혼자서. 누군가 읽으리라는 일말의 기대도 없이. 잠들기 전에 꿈결처럼 흘러가던 생각들을 고스란히 여기에 적어낼 수 있다면. 하지만 나는 대체로 기억해내지 못한다. 내 정신의 아득한 곳으로 영영 사라져버린다면 그것대로 괜찮다는 생각이다. 나는 나와 함께 매일 사라지고 있다.

7월 18일 금요일

    낮에 노트와 만년필을 들킬 뻔한 일이 있었다. 내가 침대맡에 그것들을 둔 채로 방을 비운 것이다. 방으로 다시 돌아왔을 때 나는 내가 잃어버린 줄도 모르고 있었다. 저녁 식사 후 율리는 내 방으로 따라와서 나에 대한 불만을 늘어놓기 시작했다. 나는 율리가 정작 할 말은 하지 않고 에둘러 말하고 있음을 알아차렸지만 하는 대로 듣고만 있었다. 율리는 자신이 나에게 어떤 의미인지 물었다. 그런 질문을 들은 것은 너무 오랜만이라 나는 당황했다. 그런 질문은 사랑하는 이들이나 할 법한 것이다. 나는 율리가 걱정이 되었다. 다른 간병인들처럼 감정 없이 나를 대하는 편이 여러모로 좋을 것이다. 나는 물론 율리를 좋아한다.

    어쩌면 율리도 나를 좋아하는 것인지도 모른다. 율리도 자신이 아닌 것을 좋아할 수 있는 마음을 타고난 것인지도 모른다. 그렇다면 율리는 자신이 속해 있는 이곳의 간병인들과 다른 부류라는 것을 스스로 깨닫게 될 것이다. 내가 도무지 입을 열 기미를 보이지 않자 율리는 허리춤에서 노트와 만년필을 꺼내 내 무릎에 내려놓았다. 나보다 먼저 다른 사람이 이 방에 들어 왔다면 당신도 나도 무사하지 못했을 거예요. 나는 진심으로 율 리에게 미안했다. 죽기 위해 이곳에 머무는 동안에 율리를 위험 에 처하게 해서는 안 되었다. 나에게 그럴 권리는 없었다. 나는 노트와 만년필을 율리에게 돌려주었다. 그러면서 내가 얼마나 그것들을 가지고 있고 싶어 하는지를 알게 되었다. 두 번은 없어 요. 율리는 그것들을 두고 방을 나갔다.

그로써 어쩐지 오기가 생겼다. 아무에게도 들키지 않고 내 가 쓸 수 있는 것들을 쓰고 싶어진 것이다. 그리고 이제는 정말 로 쓸 수 있을 거라는 생각도 하고 있다. **내가 전처럼 충분히 똑똑 하지 않을지도, 충분히 빠르지 않을지도 모른다고, 내가 원하는 일을 할 만큼 뛰어나지 못할지도 모른다고 의심하지 않으면서 말이다. 그러 나 나는 의심할 것이다.**[7] 내가 무엇인지, 도대체 왜 쓰는지, 어째서 이런 생각들에 사로잡히는지, 쓰는 동안에는 온통 의심에 가득 찬 질문을 해댈 것이다.

그와 함께한 마지막 5년은 어떤 것에도 의문을 갖지 않았 다. 그러는 사이에도 사랑은 계절처럼 흘러갔다. 사랑은 봄이었 다가 여름이었다가 가을이었고, 겨울처럼 차고 단단했다. 우리는 처음 나눈 섹스를 기억하고 있었고, 마지막으로 했던 섹스도 기억했다. 그것이 어떻게 시작되었는지 그리고 어떻게 끝을 맺었는지 우리는 알고 있었다. 이제 그것을 알고 있는 사람은 나뿐이다. 우리는 평생 알 수 없는 것들과 분명한 것들 사이를 오가며 인생을 함께했지만 마지막 5년은 그 어떤 의문도 희망도 없이 우리 스스로 시간을 흐르게 했다. 먹을 것은 늘 부족했고 너무 덥거나 너무 추웠다. 내일은 비가 올지 눈이 올지 생각하지 않았다. 비가 오는구나 눈이 오는구나 하며 살았다. 그는 젖은 풀을 돌멩이로 으깨서 벽에 그림을 그렸고 그럴 때 나는 가만히 구경을 하거나 내가 썼던 글들을 머릿속으로 떠올리며 시간을 보냈다. 챙겨 온 책들은 너무 읽어서 더는 펼쳐보고 싶지 않은 지경이었다. 흘러가는 구름과 구름에 가려진 달을 보며 하루를 지웠다. 바람이 집을 부술 것처럼 들썩이며 지나갈 때는 꿈인지 환각인지 모를 것에 시달리다 잠이 들었다. 그럴 때는 엉망이 되어버린 바깥을 정리하는 데만 여러 날이 흘러갔다. 그는 젊은 날 가뿐히 해내던 일들로 애를 먹는 자신에게 필요 이상으로 상심했다.

하지만 우리는 우리들 자신 말고는 우리와 함께할 것이 없다는 것을 잘 알고 있었다. 한때 우리는 우리들이 아닌 다른 것들을 필요로 했지만 그런 것들은 점차 사라지고 결국에는 우리만 남았다. 우리는 처음 만났을 때부터 우리로만 남을 자신이 있었다. 우리가 표류를 선택할 수 있었던 것도 우리만 남는 것을 두려워하지 않을 수 있었기 때문이었다. 우리는 결코 두렵지 않았다. 어떻게 그럴 수 있었는지는 모른다. 다른 사람과는 아무리 노력해도 되지 않던 일들이 그와는 자연스럽게 이루어졌다. 그것이 우리 두 사람의 인생이었다. 마지막 5년을 우리가 버틸 수 있었던 것은 아이들의 도움이 컸다. 아이들이 가끔씩 찾아와 먹을 것과 필요한 것들을 주고 갔다. 위험을 무릅쓰고 하룻밤쯤 묵고 가길 원했지만 그때마다 우리는 돌려보냈다. 그애들을 언제까지나 아이들이라고 부를 수 있는 사람들은 우리뿐이었다. 그애들은 우리에게 언제나 아이로 남을 것이고 모든 것을 다 알기에는 턱없이 모자란 세월이 우리와 아이들 사이에 놓여 있을 것이다. 너무 늦지 않게 아이들이 아버지를 찾아냈기를 바란다. 그리고 많은 날 우리가 함께 이야기한 것처럼 용감하게 죽음과 마주했기를 바랄 뿐이다.

7월 17일 목요일

꿈을 꾼 탓에 아침에는 아무것도 할 수가 없었다. 오랜만에 꿈을 꿨는데 그것 때문에 몸이 충격을 받은 건지도 모르겠다. 잠이 든 사이에 벌어진 일들을 받아들이기 벅차서 깨어난 뒤에도 한참을 그대로 누워 있어야 했다. 꿈을 꾸는 것과 글을 다시 쓰기 시작한 것이 어쩌면 연관이 있을 것이다. 나는 한동안 꿈을 꾸지 않았다. 기억에 남지 않는 꿈을 꿨는지는 모르겠다. 왕성하게 글을 쓰던 시절에는 한번 꿈을 꾸고 일어나면 온종일 꿈에 사로잡혀 있을 만큼 꿈을 자주 꾸었다. 침대에서 도무지 나올 기미가 보이지 않자 율리가 방으로 식사를 가져다주었지만 그마저도 먹지 못했다. 그러다 다시 잠이 들었고 해가 질 무렵에야 깨어났다. (병실에서 깨어나지 않은 것에 안도했다.) 저녁에는 식당으로 가서 다른 사람들과 함께 내 몫의 밥을 먹었다. 저녁에도 산책은 하지 못했다. 내일이면 아침에도 저녁에도 우리가 함께 한 많은 날들처럼 산책을 할 수 있을 거라며 율리는 나를 위로했다.

여느 때라면 산책을 하고 있을 시간에 이 글을 쓰고 있다. 쓰고 지우기를 반복하면서. 찢고 싶은 충동을 억누르면서. 처음 며칠은 내가 쓴 글을 그대로 두고 볼 수 없어 여러 장을 찢고 말았다. 나는 그것을 여러 갈래로 찢어 변기에 흘려보냈다. 이곳의 좋은 점은 혼자서 사용할 수 있는 욕실이 방마다 딸려 있다는 것이다. 어쨌거나 나는 생각이 가는 대로 써 내려간 글을 보는 것이 괴로웠다. 지난 수년간 글을 쓰지 않을 때는 생각조차 나지 않았던 질문들이 다시금 고스란히 떠올라 머릿속을 헤집어놓았다. **도대체 내가 누구란 말인가? 내가 글을 통해 하는 말에 왜 관심을 기울여야 하나?[8]** 특히 젊은 시절에는 이런 생각이 들면 아무것도 할 수가 없었다. 내가 생각하는 것들을 왜 써야 하지? 나는 대답할 수 없었다. 어쩌면 나는 작가와는 거리가 먼 부류의 인간인 것은 아닐까. 나는 왜 써야 하는지 모른 채로 썼다. 누군가 왜 쓰냐고 물을까 봐 겁을 잔뜩 먹고서 내 자신을 이리저리 숨겼다. 여기에 적는 글만으로도 나는 충분히 혼란스럽다. 왜 써야 하는지 알 수 없기 때문이다. 나를 위해서? 여전히 흐르고 있는 이 시간을 보내기 위해서?

그럼에도 불구하고 간밤의 꿈을 떠올리며 여기에 적어볼 수도 있을 것이다. 이곳에 오기까지 내가 겪은 일들을 적어볼 수도 있을 것이다. 그의 죽음에 대해, 그와 함께 지낸 시간에 대해 적어볼 수도 있을 것이다. 그를 떠올리는 일은 내가 죽기 전까지 할 수 있는 가장 행복한 일이 아닐까. 왜인지 이유를 모른 채로 내가 살아온 날들을 낱낱이 적어볼 수도 있을 것이다. 나의 생각과 나의 감정들을 두서없이 적어볼 수도 있을 것이다. 내가 단지 살아 있기 때문에 두 눈으로 보고 겪었던 일들을 적어볼 수도 있을 것이다. 그런 뒤에 도대체 내가 누구인지를 다시금 물어볼 수도 있을 것이다. 내가 여기에 털어놓는 말들로 인해 나로부터 가장 멀리 있는 타인처럼 늙어버린 나에게 조금쯤은 다시 관심을 가져볼 수도 있을 것이다.

7월 13일 일요일

병동에 머무는 동안에 나는 죽었으면 했다. 다시 돌아갈 필요가 없는 삶을 살고 있으니 그대로 이 삶을 마치는 것도 좋을 것이라고 생각했다. 물론 나에게는 오랫동안 꿈꿔온 죽음이 있다. 나는 바다에서 죽고 싶다. 이제 와 바라는 것은 그것뿐이다. 내가 침대에 누워 온종일 죽음만을 생각하기 때문에 차도가 없는 거라고 율리는 지적했다. 어느 정도는 맞는 말이었다. 달리 호들갑스럽게 의학적인 처치를 할 것도 없었다. 나는 그저 가만히 누워 있었다. 다만 뜻대로 몸을 움직일 수가 없었고 숨을 쉬기가 어려웠다. 이토록 늙어버린 몸은 그럴 수 있다. 나는 움직이지 않는 내 몸이 전혀 이상하지 않았다. 나는 나에게 일어나는 일을 아무런 반발심 없이 받아들였다. 호흡기를 떼면 나의 숨도 금방 멈출 텐데. 나는 자꾸만 숨을 쉬고 있었다. 머리맡에서 솟아올랐다가 사그라드는 호흡기의 펌프 소리가 선명하게 들렸다가 희미해지기를 반복했다. 그러는 사이에 율리는 매일 왔다. 하루 두 번. 어김없이 같은 시간에. 마치 우리가 함께 산책을 가듯이. 나는 짐짓 태연한 표정을 하고서 죽어가는 사람에게 잔소리를 할 거라면 차라리 오지 않는 게 좋겠다고 말했다. 아니, 썼다고 해야 할 것이다. 호흡기를 하고 있어서 율리는 내 손에 자신의 볼펜을 쥐어주었다. 나는 여러 번 볼펜을 놓친 끝에 율리의 차트에 하고 싶은 말을 적을 수 있었다. 내 손이 글씨를 제대로 적고 있다는 확신은 없었다. 그저 내가 생각하는 모음과 자음을 적으려고 애를 썼다. 율리는 내가 쓴 문장을 보고 웃었다. 율리가 웃자 나도 어쩐지 웃음이 났다. 살려고 해봐요. 모는 바다에서 죽고 싶다면서요. 그럴려면 여길 나가야죠. 나는 놀라서, 놀란 채로 가만히 있었다. 내가 그렇게 할 수 있도록 해줄게요. 율리는 내 이마에 입을 맞추고 머리를 부드럽게 쓰다듬고는 돌아서 병실을 나갔다. 그날 율리는 내게 줄 선물이 있다고 했다. 나에게 입을 맞추고 난 뒤에 나에게만 들리는 목소리로 귓가에 속삭였다. 그게 무엇인지는 말하지 않았다. 그날 이후로 나는 호흡기를 떼고 튜브 없이 식사를 할 수 있을 정도로 좋아졌다.

몇 주 전에 갑자기 나는 밥을 삼킬 수 없었고, 침대에 누운 채로 오줌을 누었다. 몸 아래 시트가 젖는 줄도 모르고 그랬다. 율리가 놀란 기색을 감추지 못하고 더러워진 시트를 새것으로 바꿀 때 나는 수치심을 느끼지도 않았다. 그때는 어둑해진 방에 시체처럼 누워서 어서 죽기만을 바랐다. 며칠 뒤 깨어났을 때는 병실에 있었다. 호흡기 때문에 내 숨소리가 아주 크게 들렸다. 마치 그의 곁에 누워 겨드랑이를 베고 잠이 들 때처럼 머릿속이 온통 내 숨소리로 가득 차서 아무 생각도 할 수 없었다. 내가 죽지 않고 병실에 누워 호흡기를 차고 있다는 사실을 깨달았을 때 나는 살아 있다는 사실이 한없이 슬펐다. 하지만 손을 들어 내 눈물을 닦을 수도 없었다. 센터로 돌아온 내게 율리가 준 선물은 노트와 펜이다. 그걸로 나는 지금 이 글을 쓰고 있다.

처음에 나는 어떻게 글씨를 써야할지 몰라 어리둥절한 채로 얼마간 빈 종이를 보고만 있었다. 그러면서 내가 최근에 쓴 글자들을 떠올렸다. 차라리 오지 않는 게 좋겠어. 하지만 나는 그것도 쓰지 못했다. 한동안 나는 머릿속으로 이런저런 글자들을 써보았다. 얼마나 그렇게 있었는지 모르겠다. 정작 글씨를 쓰려고 펜을 움직였을 때는 잉크가 말라 쓸 수 없었다. 나는 천천히 위아래로 만년필을 흔들면서 잉크가 흘러나오도록 했다. 그런 다음에는 마치 문구점에 서서 새로 고른 펜을 시험해보듯이 만년필이라는 세 글자를 써보았다. 나는 내 글씨가 마음에 들었다. 그때 알았다. 만년필의 촉으로는 나를 죽이지 않으리라는 것을. 나보다 먼저 율리는 알고 있었다. 내가 만년필의 촉으로 내 목을 찌르는 대신에 글을 쓰리라는 것을.

내가 묘비를 가질 수 있다면 거기에는 나의 생몰연도가 적힐 것이다. 그 아래는 나의 이름이. 달리 적고 싶은 문장은 없다.

나는 그의 묘비와 나의 묘비가 나란히 서 있는 모습을 떠올려보았다. 우리는 마음껏 자란 수풀들 사이에서 눈여겨보지 않으면 결코 눈에 띄지 않는 그런 모습을 하고 있다. 해가 지고 꽃이 저물고 바람이 분다. 세상 어딘가에 그런 곳이 있다면 나는 혼자서 찾아가보고 싶다는 생각이 들었다.

1963년 ~ 2041년

1981년 ~ 2059년

손문상에게

만년필

SF 속에서,

당신은 상상 가능한 곳으로 얼마든지 떠날 수 있다.

옥타비아 버틀러

"그곳에서 나는 여기만 빼고 어디에든 있을 수 있었고,

지금만 빼고 어느 시간에나 있을 수 있었으며,

이 사람들만 빼고 누구와도 있을 수 있었다."

맘 편한 비사교적 인물,

거대 도시에 사는 은둔자,

꼼꼼하지 못한 염세주의자,

페미니스트,

흑인,

전 침례교도,

야망,

게으름,

불안,

확신,

정열,

10살짜리 꼬마 작가였던 어린 시절을 잊지 않고,

80세가 되어서도 계속 글을 쓰고 있기를.

옥타비아 버틀러

Octavia E. Butler

1947 ~ 2006

I

옥타비아 버틀러의 자장 안에서 나는 매일 나의 미래를 그려보고 있다. 지금 여기가 아닌 거기에 머물면서 나의 삶이 얼마 남지 않았음을 스스로에게 매일같이 말하면서 말이다. 하루인지 이틀인지 모르는 시간이 나에게 남아 있고, 그래서 내가 살고 싶은 삶은 모두 과거에 있다는 것을 알게 되었을 때, 그 과거는 바로 이 글을 쓰고 있는 지금이었다.

나는 먼 훗날 내가 사무치게 그리워할 인생의 한가운데를 지나는 중이다. 살아오는 동안에는 태어날 때 내 몫으로 주어진 불행을 감당하고, 인내하고, 극복하는 법을 배웠다. 그런 뒤에는 없어도 좋을 나쁜 일들이 나를 찾아왔다. 불행은 행복이 마련해 둔 빈 자리에서 살아간다. 그뿐이다. 그런 생각이 들 때마다 나는 글을 쓰다 말고 고개를 들어 사랑하는 이의 모습을 바라보았다. 그는 내 앞에 살아 있고, 그는 그대로 내 곁에서 자신의 시간을 보내고 있다. 내가 만든 세계에서 나는 혼자였다가 우리가 둘인 때로 돌아온다. 그는 죽은 사람이었다가 죽는 사람이었다가 살아 있다. 이런 식으로 시간을 거슬러 이 세상에서 나를 없앨 수도 있을 것이다. 내 모든 어리석음과 안타까움, 후회와 탄식을 처음으로 돌려놓을 수도 있을 것이다.

시간이 거꾸로 흐르면서 나를 옭아매던 일들도 나와는 아무런 상관이 없게 되었다. 기한에 맞춰야 하는 일들과 반드시 해내야 하는 일들은 시작조차 할 필요가 없는 것이었다. 내가 좀 더 나은 사람이 되려고 그토록 절망하지 않아도 되었다. 아픈 것은 아프지 않고, 이미 손쓸 수 없이 망가진 것은 온전한 채였다. 원인과 결과는 전혀 다른 이름을 가지고 있었다. 내가 수없이 그 까닭을 되짚었던 일들, 그러나 이유를 알 수 없었던 일들은 그저 몰라도 되는 일들이었다. 텅 빈 담뱃갑이 가득 차고, 식은 찻잔에서 뜨거운 김이 피어올랐다.

하루는 〈마사의 책〉을 읽다가 나도 모르게 그들이 손으로 주고받는 언어를 따라하고 있었다. 손으로 자신의 입을 건드린 뒤 엄지와 나머지 손가락으로 재잘거리는 흉내를 낸 것이다. 그 순간 나는 옥타비아 버틀러의 문장이 불현듯 나를 움직이고 있음을 느꼈다. 기묘한 기분도 잠시, 이내 머쓱한 기분이 되어서는 무릎 위에 손을 가만히 올려두었다.

그리하여 그 순간의 나를 아는 것은 나밖에 없다는 것을. 나조차도 나를 증명할 수 없다는 것을. 그저 옥타비아 버틀러와 함께 나에게서 생겨나는 것을 받아들이고, 생각하고, 음미하면서, 시간 속에서 변화하는 내 자신을 쓰고 또 썼다. 부분적으로 흩어진 세계를 만들어나가면서 애초에 내가 만든 적이 없는 퍼즐의 조각을 찾으며 시간을 보냈다. 그 작은 구멍을 간직한 채 언젠가 이 세상에서 나는 사라질 것이다. 나는 완전한 세계를 만들래야 만들 수 없다.

훗날 주름이 가득한 얼굴로, 사랑하는 이를 추억하며, 2059년의 여름을 살고 있을 나에게, 이 책을 놓아둔다.

참고한 책

1 옥타비아 버틀러, 《블러드 차일드》, 이수현 옮김, 비채, 2016, 154쪽.

2 옥타비아 버틀러, 《블러드 차일드》, 이수현 옮김, 비채, 2016, 176쪽.

3 옥타비아 버틀러, 《블러드 차일드》, 이수현 옮김, 비채, 2016, 21쪽.

4 옥타비아 버틀러, 《블러드 차일드》, 이수현 옮김, 비채, 2016, 271쪽.

5 옥타비아 버틀러, 《야생종》, 이수영 옮김, 오멜라스, 2011, 11쪽.

6 옥타비아 버틀러, 《야생종》, 이수영 옮김, 오멜라스, 2011, 37쪽.

7 옥타비아 버틀러, 《블러드 차일드》, 이수현 옮김, 비채, 2016, 271쪽.

8 옥타비아 버틀러, 《블러드 차일드》, 이수현 옮김, 비채, 2016, 272쪽.

유진목

1981년 서울 동대문에서 태어났다. 대학에 들어가 7년 동안 휴학과 복학을 반복했고, 졸업 후에는 출판사에 다니며 책 만드는 법을 배웠다. 2009년 '목년사'를 만들어 단편 극영화와 뮤직비디오를 연출했고, 2015년까지 영화 현장에 있으면서 장편 극영화와 다큐멘터리 일곱 작품에 참여하였다. 2016년 시집《연애의 책》이 출간된 뒤로는 글을 쓰는 일로 원고료를 받을 수 있게 되었다. 사흘은 시급 노동자로 서점에서 책을 팔고, 나흘은 작가로 책을 쓰는 생활. 여름에는 수영을 하고, 겨울에는 불을 쬔다.

백두리

홍익대학교 시각디자인과를 졸업하고 일러스트레이터로 활동 중이다. 지은 책으로《나는 안녕한가요》,《혼자 사는 여자》가 있으며, 일러스트레이션에 참여한 책으로《말하자면 좋은 사람》,《너는 나에게 상처를 줄 수 없다》,《서른 살엔 미처 몰랐던 것들》,《어른으로 산다는 것》,《감정연습》등이 있다. '아닌 척, 괜찮은 척, 아무렇지 않은 척' 뒤에 숨겨진 진짜 감정에 관심이 많고 그런 것들을 그리고 있다.

디스옥타비아 – 2059 만들어진 세계

1판 1쇄 펴냄 2017년 11월 7일
1판 5쇄 펴냄 2023년 9월 15일

지은이 유진목
펴낸이 안지미
그린이 백두리

펴낸곳 (주)알마
출판등록 2006년 6월 22일 제2013-000266호
주소 04056 서울시 마포구 신촌로4길 5-13, 3층
전화 02.324.3800 판매 02.324.7863 편집
전송 02.324.1144

전자우편 alma@almabook.by-works.com
페이스북 /almabooks
트위터 @alma_books
인스타그램 @alma_books

ISBN 979-11-5992-127-8 03810

알마출판사는 다양한 장르간 협업을 통해 실험적이고 아름다운 책을 펴냅니다.
삶과 세계의 통로, 책book으로 구석구석nook을 잇겠습니다.